大正幽霊アパート鳳《ほう》銘《めい》館《かん》の新米管理人3

竹村優希

角川文庫
23155

C o n t e n t s

鳳《ほう》銘《めい》館《かん》

代官山の住宅街にある美しい洋館。
大正時代の華族の邸館をアパートに改装したものだが、
当時の雰囲気はそのまま。入居条件は霊感があること。

上《うえ》原《はら》礼《れ》央《お》

25歳。爽良の隣の部屋に住む、
幼馴染にして唯一の友人。
業界トップレベルのフリーエンジニア。
美形だが無愛想？

鳳《おおとり》 爽《そ》良《ら》

23歳。強い霊感があることを
隠して生きてきた。
祖父の庄之助から鳳銘館を託され、
オーナー兼管理人を務めることに。

紗《さ》枝《え》

鳳銘館に住む少女の霊。
爽良に懐いている。

大正幽霊アパート鳳銘館《ほうめいかん》の新米管理人

御《み》堂《どう》 吏《つかさ》

30歳前後。
鳳銘館の管理人代理。
軽くて適当そうな口調だが、
人懐っこい一面も。
寺の息子で霊を祓える。

ロンディ＆スワロー

鳳銘館で飼われている
ホワイトスイスシェパードの兄弟犬。
見た目はそっくりだが性格は真逆。

イラスト/カズアキ

東京は代官山《だいかんやま》。

閑静な住宅街に佇《たたず》む鳳銘館《ほうめいかん》は、元は大正《たいしょう》時代に華族の邸館として建てられ、その歴史は百年にわたる。

当時の西洋の建築様式を多分に取り入れたその外観はとても独特で美しく、重厚感漂う総煉瓦《れんが》造りに飾り格子付きの窓がずらりと並び、周囲の景色の中でひときわ異彩を放っている。

そんな、個人宅としてはあり得ない程に豪華な邸館は、戦後に華族制度が廃止された後、鳳庄之助《おおとりしょうのすけ》の手に渡った。

そしてアパートとして改築されたものの、現在までそのこだわり抜かれた外観は、ほぼ当時のままに残されている。

そんな鳳銘館は、愛好家にとっては夢のような場所であり、当然ながら、住みたがる者が後を絶たないらしい。

しかし、今現在、約半分が空き部屋。

その理由は、鳳銘館に住むための極めて特殊な条件にある。

条件とは、鳳銘館に入居する者は、必ず霊感を持っていなければならないというもの。

常識では考えられないおかしな条件だが、実際、それを満たさなければ面接によって入居を断られてしまう。

ともかく、鳳銘館はそのようにして成り立ち、視える者だけが集まる場所となった。

そして、鳳爽良《そら》は、祖父・庄之助の遺言によってまさにその鳳銘館をおおよそ四ヶ月前に受け継ぐことになった。

住みはじめてまだ三ヶ月程だが、爽良はすでにここで一生分と言っても大袈裟《おおげさ》でない程の奇妙な体験をし、数々の危険な目に遭っている。

そんな怒濤《どとう》の生活は、幼い頃から強い霊感に悩まされ、ただただ平穏な日常を望んでいたはずの爽良にとって、明らかに理想とは真逆の日々と言えた。

けれど、不思議なことに、常識を逸脱した経験をひとつひとつ乗り越えるたび、爽良の心の中で、鳳銘館こそがもっとも自分らしくいられる場所かもしれないという思いが強くなっている。

それは、昔の自分なら考えもしなかったであろう心の変化であり、いまだにふと冷静になった瞬間、不思議に思う程の不安定なものだけれど、爽良にはひとつだけ明確に自覚していることがある。

それは、親にまで霊が視えることを隠し、現実から目を逸《そ》らし続けてきたこれまでの日々に比べ、明らかに心の負担が軽いという事実。

誰かに気味悪がられないように、怪しまれないようにとひたすら気を張る必要のない生活は、ただ、楽だった。

しかし。

そうやって霊と向き合いはじめたことにより、爽良は今、とても重大な悩みを抱えている。


鳳銘館を彷徨《さまよ》っていた少女の霊、紗枝《さえ》が攫《さら》われてしまったのは、一週間前のこと。

犯人は、爽良と一緒に鳳銘館の管理をしている御堂吏《みどうつかさ》の妹、依《より》。

御堂によれば、依は表向きは占い師でありながら、裏では怪しい霊感商売をしており、その商売道具として地縛霊や浮遊霊を集め、利用しているらしい。

にわかには信じ難い奇想天外な話だが、幼い頃から散々奇妙な目に遭い、鳳銘館に住む中で当たり前のように紗枝と交流してきた爽良に、疑う余地はなかった。

「御堂さん……。依さんの居場所、わかりました……？」

まだまだ夏の余韻を残す九月。

爽良は庭に御堂の姿を見付けると、今日も同じ質問を投げかけた。

御堂はわざとらしい程にうんざりした表情を浮かべる。

「いや……、ごめん、わかんないわ……。ていうか、何度も言うけど依の居場所を知るのは難しいんだよ……」

「……そう、ですか」

正直、御堂からの回答はわかりきっていた。

というのも、ここ一週間、御堂からは同じ答えしか返ってきていない。

そもそも、霊に特別な感情を持たない御堂にとって紗枝はいち地縛霊でしかなく、爽良がこうして感情移入することも本当は良く思っていないらしい。はっきり言われたわけではないが、態度に明確に表れていた。

寺の生まれであり、身をもって霊の恐ろしさを知っている御堂がそうなるのは無理もなく、爽良もそれをよく理解している。

ただ、だとしても、間もなく浮かばれようとしていた紗枝が商売に悪用されることはどうしても我慢し難く、そして、依の居場所を知るためには御堂を頼る他に方法がなかった。

がっくりと肩を落とす爽良に、御堂は抱えていた脚立を下ろし、額の汗を拭《ぬぐ》いながら溜《た》め息をつく。

「言っとくけど、意地悪で言ってるわけじゃないからね。依が俺からの電話を取ったことなんてないし、怪しい商売をしてるだけあって、活動拠点をコロコロ変えるから本当にわからないんだ」

「意地悪だなんて思ってないです……」

「そうかなー、本当に？　なんか含んでない？」

「……誤解です」

じっと見つめられ、爽良は思わず目を逸らした。

というのも、依と連絡が取れないという御堂の言葉を疑ってはいないけれど、正直、爽良の心の中には別の思いが燻《くすぶ》っている。

それは、こうして会話するたびに感じる御堂との温度差。

御堂の立場も信念もよくわかっているものの、長年鳳銘館に彷徨い続けた少女の霊が連れ去られたと知りながら、いくらなんでも平然としすぎていないだろうかという思いがどうしても拭えないでいた。

けれど、それを訴えたところで依の居場所がわかるわけでもなく、爽良だって不毛な波風を立たせたくはない。

だから、爽良はモヤモヤを抱えながらも、引き下がるしかなかった。


わずかな希望が見えたのは、それからさらに三日が経ったある日のこと。

その日、爽良は朝から玄関ホールの拭《ふ》き掃除をはじめたものの、頭の中は相変わらず紗枝のことでいっぱいで、ほとんど集中できないでいた。

ぼんやりしたり我に返ったりを何度も繰り返しているうちに、仕事に支障が出てしまっていることで自己嫌悪に陥り、余計に気分が沈んでしまう。

よくない悪循環だという自覚はあるけれど、もはや、自分でコントロールすることが難しくなりはじめていた。

なんとか気持ちを切り替えなければと顔を上げると、ふと目に入ったのは、正面に飾られた大きなステンドグラス。

それは、貴重なものばかりが並ぶ玄関ホールでひときわ存在感を放つ、鳳銘館の象徴のような存在と言える。

爽良が初めてここを訪れたときにも、その美しさにとにかく圧倒され、あっという間に心を奪われた。

鳳銘館の生活に慣れてきた今も、その感動が霞《かす》むことはない。

爽良はぼんやりと見上げたまま、色とりどりのガラスが複雑な模様を描く様を、久しぶりにゆっくりと堪能《たんのう》した。

そのとき、ふと背後からよく知る気配を感じ、振り返るやいなや、階段を下りてきた御堂と目が合う。

「――あのステンドグラスって、輸入かと思いきや和製らしいよ。庄之助さんいわく、当時の職人が見様見真似で作ったものなんだって」

突としてもたらされた興味深い情報に改めて驚きながらも、爽良はハッと我に返った。

そして、掃除中にぼんやりとステンドグラスを眺めているところを見られてしまったと、慌てて手を動かす。

しかし、御堂は可笑《おか》しそうに笑った。

「いや、別に文句言いにきたわけじゃないから。……にしても、あれ以来ずっと心こにあらず、って感じだね」

「……すみません」

「だから怒ってないって。……それより、ステンドグラスの話の続きだけどさ、和製って聞くとちょっと納得しない？　色味が少し落ち着いてるっていうか、控えめな感じがして。前にネットで検索してみたんだけど、本場の有名な大聖堂とかに飾ってあるやつは色遣いがもっと華やかで、モチーフも神様やら聖母やらで、神秘的なんだけど和に馴《な》染《じ》む要素はまったくないんだよね。……そう考えると、うちにあるやつは見事に調和してるよなぁって」

「……詳しいんですか？」

「ネットで検索したって言ったじゃん。取って付けた程度の知識だし、感想もただの私見だよ」

「そう、ですか」

「にしても、これが壊れたらさすがに修繕は難しいだろうね。……ついそっちの目線で見ちゃうわ」

　もう何日もぼんやりしっぱなしの爽良を責めることなく、ステンドグラスのことを語りはじめた御堂に、正直、爽良は戸惑っていた。

　落ち着かない気持ちでふたたびステンドグラスを見上げると、和製であるという説明を聞いたせいか、途端に複雑な放物線が百合《ゆり》の花を描いているように見え、思わず見入ってしまう。

「もしかして、お花がモチーフなんでしょうか……」

「それはさすがにこれを発注した人に聞いてみなきゃわかんないけど、観る人によって印象が変わりそうだよね。そういう狙いなのかも」

「なるほど……」

深い意味を込めて言ったわけではないとわかっていながら、観る人によって印象が変わるという表現に、爽良はつい、自分と御堂のことを重ねていた。

曖昧《あいまい》なものは印象も感想も人によって違い、ときにはそれが深刻な亀裂《きれつ》を生むことだってある。

ついつい重苦しい考えが頭を過《よぎ》り、爽良は思わず俯《うつむ》いた。――すると。

「いや……、あのさ、さすがに暗すぎて見てらんないんだけど……」

突如、御堂が演技じみた動作で頭を抱え、爽良にチラリと視線を向けた。

「え……？」

「さっきそこのチェスト、同じ場所を四十回くらい拭いてたし……」

「あ……、私の話ですか……。というか、そんな前から見られてたんですね……」

「そこまでわかりやすくぼーっとする人なかなかいないから、逆に面白くて」

「……すみません」

「だから謝ってほしいわけじゃなくて。……なんていうか……、一個だけ、方法があるっていう話をしようかと」

「方法……？」

「そう。……依に会う方法」

まさかの言葉に、爽良は目を見開く。

驚きで言葉も出ない爽良に、御堂は心底困ったような表情を浮かべた。

「霊にあまり感情移入すべきじゃないっていう俺の思いは変わらないんだけど、とはいえ君がここにいるのは庄之助さんの意思なんだし……、こうなることもわかっていたんだろうし……って考えるとね……」

「あの……、それってつまり……」

「だから、ほんの少しだけ協力しようかと。……ちょっと強引な手を使うけど」

「本当、ですか……！」

言葉の意味を理解した途端、爽良はなかば無意識に御堂の方に身を乗り出す。

御堂はそんな爽良を慌てて制しながら、目の前に人差し指を立てた。

「ただ、一つ約束して。依に会えたとしても、結果どうにもならなかった場合は潔く諦《あきら》めること。依は君の想像の何倍もやばい奴だし、俺は君を危険な目に遭わせるわけにはいかないんだから、そこは理解してほしい」

御堂が口にした〝どうにもならなかった場合〟という言葉が、胸に重く響く。

御堂はおそらく、すでに紗枝がこの世に存在しない可能性も考えているのだろう。

存在しないといっても、強引に攫《さら》われた紗枝が自然に浮かばれるとは考え難い。

つまり御堂は、依の手にかかれば紗枝を強引に消滅させてしまうことも可能であると、爽良にさりげなく示唆している。

想像しただけで、全身から血の気が引いた。

けれど、どんなに恐ろしい相手であっても、今の爽良には、ようやく得たチャンスを無駄にする選択肢はない。

爽良は紗枝の顔を思い浮かべながら、拳《こぶし》をぎゅっと握る。——そして。

「わかりました。……教えてください、依さんに会う方法」

そう言い終えると同時に、腹が据わる感覚を覚えた。

第一章

後日、爽良が御堂に連れられてやってきたのは、新宿《しんじゅく》の裏路地でひっそりと営業するレトロな喫茶店。

雑居ビルの一階にあるその店は、珈琲《コーヒー》と書かれた小さな看板がひとつあるだけで、外からは中の様子がまったくわからない。

そんな、ふらりと入るにはいささか気後れする店に、御堂は地図を確認しながら躊躇《ためら》いもせずに入って行った。

ドアベルがカランと響くと同時に、「いらっしゃいませ」と、想像していたよりもずっと明るい声が響く。

入ってみれば店内は意外と広く、カウンターの他に八つのテーブル席があった。テーブルの間隔は、都心の店とは思えない程に余裕があり、その上観葉植物や調度品で仕切られているお陰で、それぞれがまるで個室のようなプライベート空間になっている。

外観から受けた印象をいい意味で裏切る居心地のよさそうな雰囲気に、爽良は思わずほっと息をついた。

おそらく、知る人ぞ知る人気店なのだろう。時刻は十七時前と中途半端な時間帯だというのに、席の半分は埋まっていて、いかにも常連らしき人たちが読書をしたりパソコンを開いたりして過ごしている。

御堂はその間をすり抜けながら店の一番奥の席に座ると、早速ウェイトレスを呼び、メニューを開きもせずに「極厚ホットケーキトリプルでホイップ追加」と流暢《りゅうちょう》にオーダーした。

「極厚で、トリプル……？　甘党ですか……？」

「いや、目印」

「……目印？」

「今回はまぁ目印なんて要らないんだけど、向こうの指示だから一応」

〝向こう〟とは、依のことを指す。

つまり、今日ここへきた目的は、依との面会のため。

依は相手が親兄弟であっても呼び出しにはまず応じず、そもそも連絡を取ることすら難しいと聞いたときはすっかり絶望したけれど、そんな中、御堂が唯一の手段として渋々ながらも提案してくれたのは、裏稼業としての依に、別人を装って依頼を打診するという方法。

ただ、怪しい商売をしているだけあって、依はそもそも信用的観点から一見客《いちげん》を相手にしないらしい。

つまり、客として依と繫《つな》がるためには、たとえば依の顧客からの紹介などといった面倒な流れが必要となるが、御堂はどんな手を使ったのか数日もかからずに偽名を使って約束を取り付け、その詳細に関してはいっさい教えてくれなかった。

やがて席に大きなホットケーキが運ばれ、御堂は追加で二人分の飲み物をオーダーすると、ホットケーキに似つかわしくない神妙な表情でベルベットの背もたれにぐったりと背中を預ける。

まるで異世界のようなゆったりした空間に甘い香りが漂い、ふいに、二つ隣の席の男性がホットケーキを追加注文した。

時刻は間もなく十七時。

時間が経つごとに、昔ながらのずっしりとしたホットケーキの表面にバターが染み込み、そびえ立っていたホイップクリームは少しずつ形を崩していく。

爽良はその様子をただ呆然《ぼうぜん》と眺めながら、ずいぶん変な目印だがある意味イメージ通りだと、どうにも摑《つか》めない依のことをふと思い浮かべた。――そのとき。

カランと店のドアベルが響くと同時に、入店してきたのは、黒ずくめの女性。

つば広の帽子に大きなサングラスという見るからに怪しい姿だったけれど、爽良は見た瞬間に依だと確信した。

どんな恰好《かっこう》をしていても、依が放つ独特な存在感は隠しきれないらしい。

みるみる緊張が込み上げる中、依はまるで甘い香りを辿《たど》るかのように迷いなく爽良たちの席に近寄り、ホットケーキと御堂の顔を見比べ、わかりやすく眉《まゆ》を顰《ひそ》めた。

「……騙《だま》された」

第一声は、短いひと言。

しかし、その声からは逆に不自然なくらいに動揺が感じ取れなかった。

御堂は苦笑いを浮かべ、視線で依を正面の席に促す。

依はまるで拗《す》ねた子供のような表情を浮かべ、ソファにドカッと座ると即座にフォークを手に取りホットケーキに刺した。

そして、一番上のホットケーキを器用に折り畳んで持ち上げると、一気に口の中にねじ込む。

テーブルに滴るバターを気にも留めないその大胆で豪快な様子に、爽良はただただ圧倒された。

ただ、今にもはちきれそうなくらい頬を膨らませていてもなお、その見た目の可愛らしさは健在だった。

依は口をもごもご動かしながら、小悪魔のように吊《つ》りあげた目で御堂を睨《にら》む。

「へは、ほれはへはら、はへるはら」

「飲み込んでから喋《しゃべ》って」

「……っ、てか、これ食べたら帰るから」

依はそう言うと、早速二枚目のホットケーキを同じように折り畳みはじめる。帰るという言葉に爽良は戸惑ったものの、どうやら、ホットケーキは意地でも食べていくつもりらしい。

とはいえ、この調子では時間の猶予がさほどないことは明確だった。

「あ、あの……、紗枝ちゃんを返してください……！」

慌てて本題を口にすると、依はまるで今気付いたかのように爽良と目を合わせる。

しかし、少し考えた後、小さく首をかしげた。

「紗枝ちゃんって誰？」

「誰って……、依さんが鳳銘館から連れ出した、女の子の霊です……」

「あー……、えっと……、ああ」

「忘れたんですか……？」

「大丈夫、今思い出したから。……まさか、あの霊一体を返してほしいがために、周到に嘘までついて私を呼び出したの？」

「……いけませんか」

「健気《けなげ》だなって」

「真面目に聞いてください……」

依の口調は、まるで本の貸し借りの話でもしているかのように軽い。

会うのは今日で三度目になるが、このどこか嚙《か》み合わない感覚は何度経験しても慣れそうになかった。

こんな人を相手にいったいどう話を展開していけばいいものかと、爽良はすでに三枚目のホットケーキに手を付けはじめた依をもどかしい気持ちで見つめる。

すると。

「さっさと返してやって。そしたらもう構わないから。それで、お前はもう鳳銘館に関わるな」

御堂が淡々とそう言い放った。

普段の御堂からは想像もできないような冷たい声に、爽良は息を呑《の》む。

しかし、依は慣れているのか動揺ひとつせず、お皿に添えられた三切れの洋梨を一気にフォークに刺し、嬉《うれ》しそうに頬張った。そして。

「……交渉が一方的すぎない？」

そのひと言は、かろうじて話が進みはじめたことを意味していた。

御堂もそれを察したのだろう、手にしていたカップをテーブルに置く。

「お前が勝手に侵入して霊を回収して行ったんだろ。それを返せって話に一方的もくそもない」

「あんないい場所を独り占めにしてるなんて、ずるいじゃない」

「そういうふざけた言い方をするなよ。鳳銘館の敷地内の物も人も霊も、すべてにおいてお前が好きにしていいものはない」

「傲慢《ごうまん》」

「いいから早く」

「――ねえ、爽良ちゃん」

明らかに会話の途中なのにいきなり視線を向けられ、爽良は思わずビクッと肩を揺らした。

うんざりする御堂を他所《よそ》に、依はいたずらっぽい笑みを浮かべて手を伸ばし、爽良の手を握る。

「じゃあ交換条件として、うちでバイトしない？」

「は……？」

「前にも言ったじゃない。爽良ちゃんみたいに感覚が鋭い子がバイトしてくれるなら、いろいろ役に立――」

「――いい加減にしろ」

唐突に爽良に向けられた矛先を遮ったのは、御堂。

しかし、依は鋭い視線で睨みつけられてもやはり平然としていて、萎縮《いしゅく》したのはむしろ爽良の方だった。

というのも、バイトが交換条件だと言われたとき、爽良の頭には、ほんの一瞬だけ、それで紗枝を返してくれるのならという考えが過《よぎ》っていた。

ひとたび冷静になれば、霊をまるで道具のように扱う人間の下で働くなんてもってもの外だが、もしそれ以外に交渉の余地がないならと、選択肢のひとつとして並べてしまったことは否定できない。

「大きい声出さないでよ。爽良ちゃんは乗り気なのに」

「違っ……」

「その子は鳳銘館のオーナーで、大切な人の孫だから。万が一本人が乗り気だったとしてもそれだけは許さない」

「ほんと、融通が利かないつまんない男」

「働き手が欲しけりゃ他所で勝手に捜せ」

「はいはいはい、わかったわかった」

依が引き下がったお陰で御堂の声色は落ち着いたものの、爽良は、御堂が口にしていた「本人が乗り気だったとしても」という言葉に罪悪感を覚えていた。

御堂は庄之助の孫である爽良を必死に守ろうとしてくれているのに、なんてことを考えてしまったのだろうと。

しかし、爽良が反省している間に、依は最後の一枚のホットケーキで皿のバターを綺《き》麗《れい》に拭《ぬぐ》い、口の中に収める。

「ごちそうさま。じゃあ交渉は決裂ってことで、帰るね」

「え、ちょっと待っ……」

爽良は慌てて止めたけれど、依は颯爽《さっそう》と立ち上がり、もはや爽良たちとの時間などなかったかのようにテーブルを離れていった。

助けを求めるつもりで御堂に視線を向けたものの、おそらく止めても無駄だと察しているのだろう、御堂は依の方を見もせずにすっかり冷めたコーヒーを呷《あお》る。

爽良の心に、たちまち焦りが広がった。

どんなに動揺していても、今を逃せばもう二度と依は騙されてくれないだろうと、それだけはわかる。

そんな中、ふいに頭に浮かんでくるのは、人見知りながらも少しずつ爽良に心を許してくれた、紗枝との思い出。

紗枝と出会い、爽良は霊に対して生まれて初めて〝怖い〟以外の感情を抱いた。

爽良にとって紗枝は、霊と向き合うきっかけをくれた、もっともかけがえのない存在といえる。

「――依さん……！」

紗枝のことを考えているうちに無意識に大きな声が出て、一番驚いたのは爽良自身だった。

それでも怯《ひる》まずに勢いよく立ち上がると、御堂が爽良をポカンと見上げる。

一方、依は反応ひとつ見せずに、店の戸に手をかけた。――しかし。

「あなたがしたことは、人攫《さら》いですよ……！」

頭で考えるよりも先に、爽良は大声でそう叫んでいた。

店員はもちろんすべての客の視線を一気に浴び、御堂が硬直する。

さすがの依も動きを止め、ようやく爽良に視線を向けた。

それでも勢いは冷めることなく、爽良は依をまっすぐに見つめたまま、ゆっくりと足を進める。

「大切な住人を返してください……」

「ちょっ……、ちょっと待って落ち着いて。声大きいってば。ほら、周りが誤解するから……！」

「誤解じゃありません……、依さんは誘拐犯です……」

「ち、違うじゃん。もう戸籍もないし守る法律もないんだから誘拐とかおかし……」

「いいから、返して……！」

さすがの依も、爽良のこの行動はまったくの予想外だったようで、これ以上ないくらいの動揺を見せた。

一方、爽良はなかば我を失っていながらも、心の奥の方では、すごいことをしてしまったと妙に冷静に考えていた。

「い、一回落ち着こ。ささ、席戻ろ。ね」

依は観念したのか、周囲からの不審な視線に愛想笑いを返しながら、爽良の背中を押してふたたびテーブルへと戻る。

そして爽良を強引に座らせ、その隣に腰を下ろした。

「大人しいかと思いきや、とんでもない爆弾じゃない……」

「まともに取り合わないお前が悪い」

「……最悪」

御堂はいたって冷静に見え、口元はわずかに笑っていた。

珍しく狼狽《うろた》える依の様子が、さぞかし面白いのだろう。

ただ、ようやく光明が見えた爽良にそんな余裕はなく、また逃げられないようにと依の服の裾《すそ》を強く握った。

「それで、返してくれるんですか……？」

「いや、だからちょっと一回落ち着いて？」

「紗枝ちゃんを、返してくれるんですか……？」

「そんな機械みたいに繰り返してないで、ほら、まずはなにか甘い物でも……」

「紗枝ちゃんを――」

「待って待ってわかった。……本当のこと言うから」

依がついに折れた瞬間、御堂が堪《こら》えられないとばかりに笑い声を零《こぼ》した。

ただ、爽良はほっとするよりも「本当のこと」という依の言い方に嫌な予感を覚えていた。

固唾《かたず》を呑んで次の言葉を待っていると、依は肩をすくめる。

そして。

「……言い辛《づら》いんだけど、あの鳳銘館にいた女の子の霊、もうお客さんに渡しちゃったの」

いたずらっぽく笑う依の言葉を聞き、やはり予感は当たってしまったと、爽良の頭の中は真っ白になった。

依は爽良がまた叫び出すことを警戒してか、唇の前に人差し指を立て、さらに言葉を続ける。

「っていうのが、発火させる霊って結構需要が高くって。欲しがるお客さんが後を絶たないから、供給が間に合ってないの。だから、あの子を捕まえた時点ですでに提供先は決まっていて」

その、少しも悪びれずに淡々と説明する異常性が、爽良の感情をさらに煽《あお》った。

憤りとも悲しみとも表現しがたい複雑な気持ちが、心の中で膨らんでいく。

そんな心境を察してか、声も出せない爽良に代わって御堂が口を開いた。

「……お前、さっきはバイトすれば返すって言ってただろ」

「返すとまでは言ってないでしょ。爽良ちゃんみたいなバイトが欲しいのは本音だし、興味持ってくれたらラッキーだなって」

「……真正の詐欺師だな」

爽良は二人の会話を聞きながら、紗枝がもう依のところにいないという話は本当らしいと、密《ひそ》かに察していた。

人の魂をまるで消耗品のように商売道具にするような神経の持ち主が、ひとつひとつに特別な執着を持つとは思えない。

おそらく、紗枝のこともなんの感情もなく人に渡してしまったのだろう。

「誰に、渡したんですか」

ようやく出た声は、少し震えていた。

依はわざとらしくも申し訳なさそうな表情を浮かべ、爽良の頭を撫《な》でる。

「ごめんね。顧客の個人情報は言えないのよ。……それこそ、法律で取り締まってるから」

「……離してください」

爽良は依の手を払い除《の》け、精一杯睨《にら》みつけた。

けれど依はそれすらも楽しげに微笑み、それからゆっくりと立ち上がる。

「というわけで、今度こそ話は終わりね。今度もっと面白い霊を見付けたら、一番に爽良ちゃんに見せてあげる」

「…………」

ただ反応を面白がられているだけだとわかっていながら、あまりの悔しさに震えが走った。

そして依は今度こそ立ち去り、店内は異様な静けさに包まれる。

ただ、周囲の客がチラチラと爽良たちに向ける視線は、いつまでも消えることはなかった。

「とりあえず、出よっか」

居たたまれないのか、御堂が立ち上がり爽良の肩に触れる。

爽良はただ黙って頷《うなず》き、御堂の後に続いた。


「……結果的に無駄足になっちゃって、ごめんね」

帰り道は、二人ともしばらく無言だった。

ようやく御堂が口を開いたのは、電車の中。

間もなく帰宅ラッシュとあり、そこそこ混み合った電車の中で窓の外に流れる景色をぼんやりと眺めながら、爽良は小さく首を横に振る。

紗枝の居場所を聞き出せなかったことは、もちろんショックだった。

けれど、爽良の心の中に渦巻いていたのは、そんな単純な感情ではなかった。

依の言葉のひとつひとつを思い返すたび、まるで心が腫《は》れているかのように重い疼《うず》きを覚える。

今にもどうにかなってしまいそうな心を、電車の振動や人々のざわめきがかろうじて曖昧《あいまい》にしてくれていた。

「……そうだ、駅まで上原《うえはら》くんに迎えに来てもらおっか」

「礼央《れお》にですか……？　どうして……」

「いや……、落ち着くかなって」

またからかわれているのだと察したものの、それはあながち的外れな提案ではなかった。

礼央の顔を見れば、どんなに気持ちがささくれ立っていても、不思議なくらいに穏やかになれる。

しかし、礼央はここしばらくずいぶん多忙なようで、朝方まで部屋の照明が点《つ》いていることもしばしばあった。

そもそも、フリーエンジニアとして需要が高い礼央に暇な時期などない。

なのに、鳳銘館に引っ越してきてからというもの、爽良は礼央に散々面倒をかけ続けてきた。

当の本人は文句を言うどころか疲れすらほとんど見せないけれど、本当は無理しているのではないかと、爽良はいつも気がかりで仕方がなかった。

そんな礼央に迎えに来てもらうなんてとても考えられず、爽良は首を横に振る。

「こんなことで迷惑かけられません……。彼は私の保護者じゃありませんから」

「そう？　彼はむしろ喜ぶんじゃないかと」

「喜ぶ……？」

首をかしげると、御堂は質問には答えず曖昧に笑う。

爽良は追及するのを止め、ふたたび窓の外に視線を向けた。

やがて代官山に着くと、鳳銘館に続く坂道を歩きながら、爽良はふと、初めてここを歩いたときに覚えた紗枝の気配を思い返す。

あのとき、底冷えがする程に禍々《まがまが》しく感じた気配は、紗枝が幼い心に抱えた寂しさからくるものだったのだと今はよくわかる。

最近は気配がずいぶん穏やかになっていたのにと、考えれば考える程に胸が締め付けられた。

「……紗枝ちゃん、辛い思いをしていないでしょうか」

思わず零れた心配が、弱々しく響く。

御堂はチラリと爽良に視線を向け、言葉を選んでいるのか長い間を置いた後、ゆっくりと口を開いた。

「リアルな話をすると、人間と霊は存在自体が全然違うわけだし、肉体もないし時間の概念も違うし、人間が監禁されてるのとは訳が違うと思うよ。多分、閉じ込められてる間は長く眠ってるような感覚で、意識はないんじゃないかな、と」

「……だけど、すでに利用されるために依さんの顧客の手に渡ってるんですよね」

「それは、まあ……そうだけど」

「つまりその顧客は、紗枝ちゃんを使ってどこかを発火させたいんでしょう？　でも紗枝ちゃんが発火させるとすれば、辛い過去を思い出しているときですよね……？　怖いとか、苦しいとか、そういう思いを延々と――」

「……爽良ちゃん、落ち着いて」

御堂に止められ、爽良は、知らず知らずのうちに声が大きくなっていたことに気付いた。

「……すみません」

俯《うつむ》くと、御堂は爽良の頭をぽんと撫でる。

「とにかく今はどうにも捜しようがないんだから、あまり思い詰めないで。一応親父には、原因不明の不審火の相談があり次第連絡してって伝えておくから」

「原因不明の、不審火……？」

「紗枝ちゃんを利用した場合、世間的にはそうなるでしょ？」

確かにその通りだと、爽良は思った。

あまりに憔悴《しょうすい》しきっていたせいで考えもしなかったけれど、紗枝の居場所を捜す方法は、入手した人間の目的から考えればとても単純だった。

つまり、不審火のニュースに注意していれば、そこに紗枝が関係している可能性がある。

本音を言えば、紗枝が我を失って発火させてしまう前に見付けて保護したいところだけれど、なんのヒントもない状態でそれはあまりに難易度が高かった。

「……とは言っても、紗枝ちゃんを入手した人間が近くに住んでるとは限らないからなぁ。せめてニュースが耳に入る程度の距離にいてくれないと、難しいかも」

「確かにそうですね……。万が一海外だったりしたら……」

「さすがにそれはないでしょ。依が一見客《いちげん》からの依頼を請けないのは警戒心の高さ故だし、どうせ便利そうな霊を捕まえてはぼったくってるんだろうから、わざわざ手広くやる必要なんてないよ」

「…………」

御堂の言葉に、爽良は口を噤《つぐ》む。

ひとたび気を抜けば、口に出すべきでないモヤモヤが零《こぼ》れてしまいそうだった。

爽良の心で燻《くすぶ》っているのは、かねて気になっていた、紗枝への情をまったく感じさせない御堂の言い様。

御堂は気乗りしないながらもわざわざ依との約束を取り付けてくれ、こうして相談にも乗ってくれ、感謝しこそすれ文句なんて言える立場ではないのに、便利な霊などとサラリと言われると、どうしても気になって仕方がなかった。

しかし、今の爽良にとって御堂が唯一の頼りとなることは紛れもない事実であり、必死に気持ちを抑える。

「……爽良ちゃん？　どうした？」

そんなとき、ふいに心配そうに声をかけられ、爽良は途端に我に返って御堂を見上げた。

「あ……、すみません……、ついぼんやりと……」

謝ると、御堂はこころなしかほっとした表情を浮かべる。

「いや、急に黙るから泣いてんのかと思って焦ったわ」

「さすがに泣いてなんて……」

「だよね。だいたい俺の前で泣いたりしたら、番犬のような誰かさんに嫉妬《しっと》されちゃうわ」

「番犬？……なんの話ですか……？」

「いや、この間、そういう愚痴を聞いたなぁってね。……ま、とにかく帰ろう」

爽良には、御堂がなにを言っているかよくわからなかった。

気になりつつも、一度中断されたものを掘り返す程でもなく、爽良は黙って御堂の後に続く。

今の爽良には、いろいろなことを考える余裕がない。

よくないとわかっていても、どうすることもできなかった。

やがて鳳銘館に着き玄関ホールで御堂と別れた後、爽良は自室の戸の前で、なにげなくステンドグラスを見上げる。

「庄之助さん……」

脳裏に浮かんだのは、微笑む庄之助の顔。

鳳銘館の随所に、ふとした瞬間に庄之助を思い出させるような、不思議な空気が漂っている。

父が一方的に絶縁して以来まったく交流がなかったというのに、それはなんだか懐かしく、そして優しく、まるで両手を広げて受け入れられているかのような安心感があった。

こんなとき、庄之助ならどうしていたのだろうと、爽良は行き場のない問いを持て余しながら、数少ない思い出を頭に浮かべる。――すると。

「何度も言うけど、思い詰めないように」

突然頭上から声が降ってきて、見上げると、御堂が階段の手すりにもたれて爽良を見下ろし、やれやれといった表情を浮かべていた。

「御堂さん……」

「君が一番に優先すべきなのは現実だよ。なにもかもにまっすぐ向き合おうとするその姿勢には感心してるけど、まずは自分自身を大切にね。生きてる人間の方が、脆《もろ》いんだから」

最後のひと言が、心に重く響いた。

普段からさも軽薄に振る舞っていても、かつて霊に母の命を奪われてしまった御堂が心に抱える闇の深さは、爽良には到底計り知れない。

今の御堂の人格こそ、後悔に囚《とら》われないよう現実に重きを置くことで形成されたものなのかもしれないと爽良は思う。

「……はい。すみません……」

頷《うなず》くと、御堂は片手を上げて三階の西側の廊下へ消えていく。爽良は自室に戻ると、ベッドに倒れ込んでぐったりと脱力した。

「生きてる人間の方が脆い、か……」

そうかもしれない、いや本当にそうだろうか、紗枝は堪えられているのだろうかと、一人になった途端に答えの出ない問答が延々と巡る。

爽良は混沌《こんとん》を振り払うかのように勢いよく起き上がり、大きく頭を横に振った。そして、ふと思い立ってテレビの電源を入れる。

ニュースにチャンネルを合わせると、流れていたのは、水族館でイルカが出産したという微笑ましい映像。

ニュース番組が動物の新着情報に時間を割いていると、普段なら、世の中が平和なのだと思えて気持ちが穏やかになる。

しかし、今日に関してはそれには耳を貸すことなく、爽良はテレビをつけっぱなしにしたまま携帯を取り出し、ネットニュースで不審火の記事の検索をはじめた。

ひとまず様子見のつもりが、探しているうちにすっかり熱中してしまい、やがて都内だけでなく近隣の県に範囲を広げつつ、紗枝が攫《さら》われた日まで遡《さかのぼ》りながら、ローカルニュースにしかならないような些細《ささい》なものまでくまなく目を通した。

というのも、不審火の記事は爽良が想像していたよりも多く、続報まで追いながら紗枝が関連している可能性を絞っていく作業は、ついでできるような簡単なものではなかった。

しかし、結局は決め手に欠けるものしか見付からず、一応いくつかの気になる記事にブックマークを付け、不審火のニュースが更新されると通知が届くように設定したところで、ようやく爽良は携帯を置く。

ふと時計を見れば、時刻はすでに二十二時前。

食事すら取っていないことを思い出すと同時に、「一番に優先すべきなのは現実」という御堂の言葉が頭に浮かんだ。

零れた溜《た》め息が、テレビの音にかき消される。

それは重々わかっているし、正しいとも思うけれど、紗枝の無事がわからないうちは、自分のことに構っていられないというのが爽良の正直な気持ちだった。

しかし、だからといって御堂に心配をかけ続けるわけにはいかない。

爽良はひとまず冷凍保存していた食パンを取り出し、トースターに突っ込む。

そして、パンの表面が少しずつ色を変えていく様子を、ただただぼんやりと眺めていた。


紗枝の関わりを疑うような不審火のニュースを見付けることができないまま、さらに数日。

その日は秋のはじまりを感じさせる涼しい朝で、爽良は気分を変えるために早い時間からロンディを連れて散歩に出かけた。

目的が気分転換ということもあり、あえていつもと違う道を選ぶと、ロンディもわくわくしているのか尻尾《しっぽ》をくるんと巻いて跳ねるように軽快に歩く。

紗枝がいなくなってからというもの、どこか寂しそうにしていたロンディの楽しげな様子には、久しぶりに気持ちが穏やかになった。

しかし、まだ十分に土地勘があるとは言えない街並みを適当に歩いていると、ある意味当然というべきか、すぐに知らない景色に囲まれる。

爽良はロンディのリードを引いて立ち止まり、地図アプリを確認するため携帯を取り出した。

「ちょっと待っててね。すぐ調べるから」

語りかけると、ロンディはまるで言葉の意味がわかっているかのように、ぴたっと爽良に寄り添う。

そのふわふわの毛並みを撫《な》でながら地図を確認すると、鳳銘館からさほど離れていないところに現在地のピンが表示され、爽良はほっと息をついた。

「結構近かったみたい。……私、方向音痴なのかも。……行こっか」

苦笑いを浮かべてリードを緩めると、ロンディはふたたび嬉《うれ》しそうに歩きはじめる。

しかし、そのとき。

ロンディが突如、不自然に動きを止めた。

「ロンディ……？　どうしたの……？」

呼びかけても反応がなく、不思議に思って正面にしゃがむと、ロンディは耳をぴんと立てて一点を見つめている。

その視線の先にあったのは、なんの変哲もない一軒家。

ただ、よく見れば全体的に殺風景で人の生活の気配がなく、庭は雑草が生え放題のまま放置されていた。

どうやら空き家のようだが、だとすれば、ロンディがこんなに静まり返った家のどこを気にしているのか、まったくわからなかった。

なんだか気持ちが悪く、爽良は立ち上がってロンディのリードをそっと引いた――瞬間。

視界の端で、ふいに、小さな赤い光が揺れた気がした。

ほんの一瞬だったけれど、場所はおそらく空き家の二階の窓あたり。しかし、すぐに視線を向けたものの、光はもちろんどこにもおかしな点は見当たらない。

「今のって……」

今思えば、気のせいだと取れなくもない些細な光だった。

けれど、胸のざわめきが収まらなかった。

なぜなら、爽良に一瞬だけ見えた赤い光はもしかして、――炎だったのではないか、と。そう考えた瞬間から、紗枝がここにいるかもしれないという思いが、頭から離れなくなった。

「紗枝ちゃん……？」

名を呼びながらも、そんなわけがないと、もしそうならばロンディがもっと騒ぐはずだと冷静に考えている自分がいる。

それでも、今の爽良には、ほんのわずかな可能性であっても無視することができなかった。

「もしいるなら出ておいで……？」

必死の呼びかけが、静まり返った庭に響く。

「寂しい思い、してない……？」

錆《さ》びついた門扉に一歩近寄ると、途端に周囲の気温が下がった気がした。ここになにかがいることは確かだと爽良は確信を持つ。そして。

「私が、絶対に助けてあげるから……。紗枝ちゃんのためなら、たとえどんなことでも——」

そう口にした瞬間、——突如、空き家のすべてのガラス窓が、同時にビリッと振動した。

途端にロンディがリードを強く引き、爽良は後ろに倒れ込む。

地面に突いた肘《ひじ》に激しい痛みが走り、爽良はようやく我に返った。

「いっ……」

「ワン！」

ロンディが不安げに吠《ほ》え、爽良の視界を遮るように正面に立ちはだかる。

そのガラス玉のような瞳《ひとみ》を見ながら、爽良は思わず我を失ってしまっていたことを自覚した。

「ごめん……。私、どうかしてた……」

ロンディがふわりと一度尻尾を振り、爽良の頬を舐《な》める。

爽良は立ち上がり、逆にロンディに引っ張られるようにしてその場を離れながら、どうやら紗枝の件で受けたダメージは自分で思っていたよりもずっと大きいようだと、改めて痛感した。

霊の気配がある場所に自ら近寄り、その上声をかけるなんて、以前の爽良ならまず考えられない。

鳳銘館に住むようになった今は、霊との距離が以前より近くなったことで恐怖心こそ緩んだものの、だからこそ、それが危険と隣り合わせであるという事実を正しく理解し、心に留めていたはずだった。

なのに、紗枝のこととなると、なにもかもが頭から飛んでしまう。

今回に関しては霊が姿を現すことはなく、接触してもこなかったけれど、それもただ運がよかっただけとしか言いようがない。

もっと冷静にならなければと、爽良はそう自分に言い聞かせながら、一度も振り返ることなく黙々と帰路を辿《たど》った。

奇妙なことが起きたのは、その日の夜のこと。

爽良は、夜中に突然目を覚ました。

点《つ》けっぱなしのテレビから笑い声が流れていて、ぼんやりしながら起き上がると手から携帯が滑り落ちる。

どうやら、ニュースを検索しているうちに寝落ちしたらしい。

爽良は立ち上がってふらふらと冷蔵庫の前まで歩き、水のペットボトルを取り出して一気に半分呷《あお》る。

冷蔵庫の中はほとんど空っぽで、入っているのは、水とコンビニで買っておいたいくつかのチルド食品のみ。

ここしばらくは自炊をしようという気があまり起こらず、そもそも食欲自体まったくなく、生活が荒れていることに少なからず危機感を感じていた。

爽良は冷蔵庫を閉じ、携帯を手にベッドに腰掛ける。

開いたままのブラウザを閉じると、メッセージの受信を知らせる通知が目に留まった。

送信元は、礼央。開いてみれば、「取引先からお菓子をもらったから、時間があるときに来て」とある。

なんの変哲もない短いメッセージだけれど、そのたった数行から、礼央なりの心配が伝わってくるような気がした。

なんだか急に顔が見たくなり、爽良はすぐに返信を打ち込んだものの、ふと思い立って窓越しに礼央の部屋の方を確認する。

照明が点いていれば庭に色付きのガラスの模様が反射するはずだが、今日は真っ暗で、やはり返信は朝にしようと携帯を置いた。

残念に思う一方で、寝ているということは請けた仕事が一段落した証拠だと、ほっとする気持ちもあった。

礼央は、フリーランスに転身した頃から、こうして何日も引きこもって仕事に集中することがときどきある。

フリーエンジニアの中では最高峰と呼び声が高い礼央ですらここまで根を詰めなければならない仕事となると、内容も納期も相当にハードなはずだ。

ＩＴ関連の開発をする企業に在籍していた経歴のある爽良は、システムエンジニアの業務内容をそれなりに知っているぶんよりリアルに想像できてしまって、つい目眩《めまい》を覚えた。

爽良はテレビと照明を消すと、ふたたびベッドに寝転がって目を閉じる。

そして、もはや寝る前の習慣のように紗枝のことを思い浮かべた、――そのとき。

突如、ピシ、と、なにかが軋《きし》むような奇妙な音が響いた。

とても小さな音だったけれど、それはどこか不自然で、心の中にいつまでも残るような強烈な違和感がある。

なんだか嫌な感じがして、爽良はゆっくりと上半身を起こし、部屋をぐるりと見回した。

しかし、部屋はしんと静まり返っていて、目で見てわかるような異変はどこにも見当たらない。

ただ、明らかに、なにかがおかしかった。

というのも、爽良はこの奇妙な予感めいたものを子供の頃から何度も経験していて、それがなにを意味するか、よくわかっている。

そして、まさに今のようにどこか気持ち悪い感覚を覚えて落ち着かないときは、大概、人ではない何ものかの気配が近い。

鼓動がみるみる速くなっていく中、爽良が思い出していたのは、この部屋には結界が張ってあるという御堂から聞いた話。

それは、ここで生活する上で、ひとつの安心材料となっていた。

とはいえ、異様な気配の元はかなり近い。

その上、その気配からは、意識をまっすぐに自分に向けられているような、言い知れない不気味さがある。

とても眠れるような気分ではなく、爽良は起き上がって寝室を出ると、ひとまず部屋の戸の覗《のぞ》き窓から玄関ホールの様子をおそるおそる確認した。

しかし、とくに普段と違う点は見付けられず、それどころか物音ひとつしない。

爽良は常夜灯にぼんやりと照らされた玄関ホールをしばらく確認した後、覗き窓から視線を外し、戸に寄りかかって脱力した。

正直、少し過敏になりすぎている自覚もあった。

そもそも、鳳銘館には人でないものの気配が当たり前のようにあり、多少の違和感にいちいち構っていてはきりがない。

爽良は戸から離れ、ふたたび寝室へ向かう。——しかし、そのとき。

突如、庭に面したダイニングルームの窓から、体を刺されるかのような強烈な視線を感じた。

全身が硬直し、肌が一気に粟立《あわだ》つ。

しかし、覚悟を決めて窓の方に顔を向けてみたものの、なにも視えず、とくに異変もない。

とはいえ、あれ程の存在感を放つ視線を受けた以上、簡単に安心することはできなかった。

爽良は窓の外に神経を集中させ、しばらく様子を窺《うかが》う。

ただ、ステンドグラス風の窓にはところどころに色付きのガラスが嵌《は》められていて、目隠しの役割を果たすぶん、外の動きがかなりわかり辛《づら》い。

おまけにこうも暗いと余計にで、爽良は仕方なくゆっくりと窓に近寄った。

「誰か……、いるん、ですか……」

込み上げる恐怖を振り払うように精一杯強がって声を絞り出したものの、語尾は酷《ひど》く震えていた。

本音を言えば無視してしまいたいけれど、この気配の目的が自分であることは明らかであり、無視したところで、おそらく先延ばしにしかならない。

ならば、結界に守られ身の安全が確保されているこの部屋で接触した方が、爽良にとっては好都合だった。

ただ、わからないのは、自分に執着する理由。

霊とは往々にして、目が合った人間に異常な執着を持つ。

理由は単純で、多くの無念を抱えたまま死んでしまった自縛霊にとって、それを吐露する相手が視える人間しかいないからだ。

しかし、視える人間の方が圧倒的に少なく、ほとんどの霊はなかなか存在を認識されず、悲しみや心残りを誰にも理解してもらえないまま、ひたすら彷徨《さまよ》うことになる。

そんな霊がひとたび視える人間に出会ってしまうと、救ってもらえるのではないかと過剰な期待を持ち、そう簡単に逃すことはしない。

子供の頃から身をもってその事実を学習してきた爽良は、絶対に目を合わせないよう最大限の注意を払って生きてきた。

人と見分けがつかない霊も多いため、できるだけ俯《うつむ》いて歩いたし、人混みは可能な限り避けた。

そうやってすっかり染み付いた癖は、今も抜けていない。

だからこそなおさら、爽良にはこの不気味な気配が自分に執着する理由に、心当たりがなかった。

知りたいけれど、声をかけてからずいぶん長い沈黙が続いている。

気配は確かにあるのになかなか反応がないところを見ると、警戒心が強いのかもしれない。

こちらの都合など無視してぐいぐい迫ってくる霊が多い中、その予想は、爽良の恐怖心をわずかに緩ませた。

「私に、なんの用、でしょうか……」

さっきより多少落ち着いた声で質問を重ねると、ピシ、とほんのかすかに窓が振動する。――そして。

突如、窓の左下から黒い影がぬっと現れた。

突然のことに、爽良は息を呑《の》む。

それは外の闇より少し濃いだけのわかり辛い影だったけれど、まるで人が下から部屋を覗き込んでいるかのようなリアルなシルエットは十分すぎる程不気味で、爽良の恐怖を煽《あお》った。

緊張から鼓動はみるみる速くなり、呼吸も浅くなる。

そんな中、影はまるで窓に額を擦《こす》り付けているかのように、ザラザラと不快な音を響かせた。

表現し難い気味の悪さに、結界があってよかったと心底思っていた。

ただ、声をかけてしまった以上、もう後には引けない。

「言葉、わかり、ますか……」

震える声で問いかけると、影はピタリと動きを止めた。

相変わらず返答はないが、なんとなく通じているような手応《てごた》えだけはあった。

しかし、しばらく様子を窺ったものの、影はただただガラスに張り付いたまま、それ以上の反応を見せない。

意図がわからないという不安が恐怖や緊張と相まって、爽良は次第に酷い頭痛を覚えた。

すると、そのとき。

『ワン！』

ガサガサと草が揺れる音と同時に、辺りに響いたのはスワローの鳴き声。

影はたちまち闇に溶けていくかのように姿を消し、部屋に張り詰めていた空気もふっと緩んだ。

体から一気に力が抜け、爽良は床にぺたんと座り込む。

結局なにも知ることができなかったけれど、もしスワローが来てくれなかったなら間もなく精神が限界を迎えていただろうと、爽良はほっと息をついた。そして、這《は》うようにして壁際へ向かい、小さく窓を開ける。

庭ではスワローが耳をぴんと立てたまま、しきりに地面に鼻を動かしていた。

「スワロー、ありがとう……」

お礼を言うと、スワローは爽良にチラリと視線を向けたものの、相変わらず素気なく立ち去っていく。

爽良はその姿を見送ると、窓を閉めて寝室へ戻り、ベッドに崩れ落ちた。

「……なんだったんだろう……」

恐怖は少し落ち着いたけれど、いまだに頭の中はさっきの出来事が占領していて、消えてくれそうにない。

爽良に執着していながらなにかを訴えてくるわけでもなく、おまけに怨念も感じられないなんて、どう考えても奇妙だった。

「まるで、観察されてたみたい……」

そう呟《つぶや》いた途端、ゾクッと背筋が冷えた。

怖いことを考えはじめるとキリがなくなりそうで、爽良は布団の中で膝《ひざ》を抱え、固く目を閉じる。

これまでの数々の経験に比べればそこまで怯《おび》える程の出来事でもないはずなのに、その日はなかなか寝付くことができなかった。

「見られてた……？」

翌朝、庭で雨樋《あまどい》の修理をしている御堂を捕まえて昨晩の出来事を報告すると、御堂は手を止め、怪訝《けげん》な表情を浮かべた。

「はい。スワローが追い払ってくれましたけど……」

心のどこかで、いちいち気にすることでもないという意見を期待していた爽良は、御堂の反応に嫌な予感を覚える。

御堂はしばらく考えて脚立に腰を下ろし、爽良をじっと見つめた。

「……印、付けられてない？」

「印……？」

そう言われて思い出したのは、霊は自分を救ってくれるかもしれないと期待した相手に印を残すという、御堂から聞いた話。

少し前、爽良は鳳銘館を彷徨っていた元住人の霊から実際に印を付けられたことがある。

「あとで、確認してみます……」

爽良はなんだか落ち着かない気持ちで、額ににじわりと滲《にじ》んだ嫌な汗を拭《ぬぐ》った。すると、御堂がふいに爽良の肘《ひじ》を指差す。

「それ、どうした？」

「え？……あ」

ドキッとして肘に触れるとかさぶたの感触があり、爽良は昨日の散歩中に作った擦り傷のことを思い出した。

「ちょっと擦りむいてしまって。全然たいしたことないんですけど」

「いや傷じゃなくて、その上」

「上？」

見れば、肘の傷の数センチ上に、小さな青痣《あざ》があった。

「…………」

「……付けられてんじゃん」

呆然《ぼうぜん》とする爽良の頭に、御堂の呆《あき》れた声が響く。

御堂は作業を中断して脚立を下り、爽良の肘の痣をまじまじと観察した。

「やな感じするなぁ、これ」

「やな感じ、ですか……？」

「印を残す霊って、相当切羽詰まってるか粘着質な奴だよ。……なんでまた、そんなのに目を付けられちゃうかな。どっかで変なことした？」

そう問われて記憶を辿《たど》ったものの、爽良にはやはり心当たりがなかった。

唯一気になることがあるとすれば、昨日の散歩中に通りかかった空き家で見た、赤い光。

ただ、あの場所では確かに霊の気配を感じたけれど、接触したとは言い難い。

「散歩中に妙な気配は感じましたが、姿すら視ていなくて」

「つまり、目は合ってないってこと？」

「はい。目が合えばわかると思うので……」

「それに関して君の経験値は並じゃないから信じるよ。一応聞くけど、爽良ちゃんはなにもしてないってことだよね？」

「なにもって言いますと……」

「声をかけたりとか」

そう問われた瞬間、心臓がドクンと跳ねた。

爽良はあのとき少し我を失っていて、空き家から感じた気配を紗枝ではないかと思い込み、何度か声をかけている。

その反応から察したのだろう、御堂が大きく溜《た》め息をついた。

「かけたんだ？」

「……赤い光が火に見えて……、紗枝ちゃんがいるんじゃないかと思ってしまいまして……」

「それでしょ、原因」

「…………」

それは、爽良にとって少し想定外の事実だった。

る。

もちろん、爽良は昨日の自分の行動がどれだけ浅はかだったかを、十分に自覚している。

ただ、それとこれとは別の話で、目さえ合わなければ大丈夫だという認識は、これまで爽良が自らの経験をもって学習してきた、絶対的なルールだった。

しかし、それが間違いだったとなると、途端に足場が不安定になったかのような不安に襲われる。

「……確かに、昨日は私が間違っていたと思います……。でも、向こうからはなんの反応もなかったのに……」

動揺を隠せず、声が震えた。

御堂は怒るかと思いきや、爽良の肩にぽんと触れる。

「まあ、……今回は相手がちょっと特殊なのは確かかも。ただ、目を合わせなきゃいいっていう君の認識は、あくまでひとつの基準であって絶対じゃないからね。とはいえ、寺の人間でも霊能者でもないのに、処世術としてそこに気付いたっていうのは、結構すごいと思うよ」

「でも、結果的に印を付けられてしまいましたし……」

「それはまあ……、正直まずいよね」

「……すみません、ご心配ばかり」

がっくりと肩を落とすと、御堂はふたたび爽良の肘の印を確認しながら困ったように眉根《まゆね》を寄せた。

「まぁ君が目を付けられたっていうのは間違いない事実なんだけど……、ちなみに、昨日の夜はこっそり見られてただけなんだよね？　目も合ってないのに執着する粘着さを見せておいて、そのくせ控えめなのはちょっと気持ち悪いんだよなぁ……。矛盾してるっていうか」

確かに、以前に爽良に印を付けた元住人の長谷川吉郎《はせがわよしろう》から向けられた執着はかなり強く、爽良を何度も訪ねて来たし、自分の目的を果たすために手段を選ばないような印象を受けた。

一方、昨晩の霊からは、あのとき吉郎から感じたような焦りも強引さもまったく感じられなかった。

「それってどういうことなんでしょう……」

「うーん……。こういうとき、印を付けられまくってた庄之助さんがいてくれたらね。俺は自分から霊に関わろうと思ったことがないから、霊のパターンになんて興味ないし、想像もつかないわ」

「そういえば、庄之助さんはしょっちゅう印を付けられてたって、前にも言ってましたよね」

「本当に困った人だよ。……ただ、部屋に結界を張ってるっていうことは、あれでも油断はしてなかったってことだし、爽良ちゃんも見られてるだけだからって気を抜かずにしっかり警戒して。元から鳳銘館にいた霊ならともかく、フラッと付いてきた霊は素性もわからないし、なんか嫌な感じがするから」

「……気を付けます」

「とにかく今後は無視が一番。今はまだ向こうも様子見で大人しいだけで、助けてもらえるって確信を持った瞬間に豹変《ひょうへん》するかもしれないから。ここまで付いて来ちゃった以上は諦《あきら》めてくれるまで時間がかかるかもしれないけど、反応しなければそのうち印も消えるよ」

御堂はそう言うと、ふたたび脚立に足をかける。

これ以上邪魔するわけにはいかず、爽良はお礼を言ってその場を後にした。

とはいえ、足取りは重い。

紗枝のことで頭がいっぱいになっている今、別の悩みが増えてしまったことは大きな痛手だった。

ただ、いつまでも仕事をおろそかにはしていられず、爽良は玄関ホールの掃除用具入れを開け、いつも通り廊下の掃除からはじめる。

そして、黙々と床にモップをかけながら、ふと礼央の部屋の前で足を止めた。

昨日届いていたメッセージへの返信は、まだ送れていない。

礼央はまだ寝ているだろうかと、爽良は部屋の戸に張り付き、そっと聞き耳を立てた
――そのとき。

ガチャ、とドアノブを回す音が響き、爽良は慌てて戸から飛び退《の》いた。

その瞬間中から礼央が顔を出し、爽良と目が合うと、ややぼんやりした表情で首をかしげる。

「……爽良」

「あ……、ご、ごめん」

「ごめん？」

「えっと、掃除してたから、物音で起こしちゃったかなって……」

そう言うと、礼央は首を振り、いつも仕事で使っているバックパックを爽良の前に掲げた。

「いや、今から打ち合わせに出るところ」

「そうだったんだ……」

よく見れば、礼央はジャケットを羽織っていた。

中はTシャツといつも通りラフだが、背が高く細身の礼央のジャケット姿は妙に映える。

「うん。納品は終わったけど、レクチャーをしに」

「そっか……。頑張ってね」

「爽良、大丈夫？」

あまりの唐突な問いに、まさかこの数回のやり取りですべて見透かされてしまったのだろうかと、爽良は思わず動揺した。

すると、礼央がふいに爽良の顔をじっと覗《のぞ》き込む。

「……痩《や》せた」

「はっ……？」

「ごめん、もう数日でこの仕事から完全に手が離れるから、そしたら俺も紗枝ちゃんのこと捜す」

「礼央……」

「もう少し待ってて」

ぽんと頭に載せた手のひらから伝わる少し低い体温が、もう何日も張り詰めっぱなしだった心を優しく緩ませる。

ふと、礼央はたった今見透かしたわけではなく、ずっと気にかけてくれていたのだと察した。

「ありがとう。……いってらっしゃい」

「うん」

礼央は爽良の髪をくしゃっと撫《な》でると、玄関へ向かう。

離れた手がなんだか名残惜しく、とめどない不安を今すぐにでも打ち明けたいような衝動に駆られたけれど、爽良は必死にそれを抑えた。

礼央の仕事のハードさは、疲れを残す表情が物語っている。

フリーランスになってからは実務だけでなく、たとえば打ち上げなどといった、いかにも礼央が嫌いそうな付き合いも避けられないだろうし、これまでとは違った気苦労もあるだろう。

ただでさえ紗枝のことで心配をかけているというのに、少なくとも今は、痣《あざ》の話なんてできるはずがなかった。

正面玄関が閉まる音が響くと同時に、クゥンとロンディの寂しそうな声が響く。爽良は、自分も同じ気持ちだと心の中でそっと呟《つぶや》いた。

その日は一日中警戒していたものの、とくにおかしな出来事は起こらなかった。

爽良は入浴を終えて部屋に戻り、ベッドにもたれかかっていつものように不審火のニュースを検索する。

しかし、たびたび集中を欠いてしまい、爽良は一旦《いったん》携帯から視線を外してぼんやりと天井を仰いだ。

原因は考えるまでもなく、一向に捜索が進まない紗枝のことと、霊に付けられてしまった印にある。今日はそれに加え、夜になっても戻ってこない礼央のことも少し気がかりだった。

普段なら、帰りが少々遅くとも、きっと忙しいのだろうとさほど気にせずにいられるけれど、なまじ朝に少し顔を見てしまったせいか、礼央がくれる安心感を心が勝手に求めてしまっている。

甘えすぎだと自覚はしているけれど、すっかり疲弊しきった心にいつものような強がりは通用しない。

ふと時計を見れば、時刻は午前〇時少し前。

きっとクライアントに付き合わされているのだろうと、爽良はふたたび携帯に視線を戻した。

ニュースサイトには、昨日ブックマークした不審火の記事の追加報道として、隣人による放火が判明したとある。

それはそれで恐ろしいニュースだが、その時点で紗枝との関連は否定され、爽良はブックマークをはずした。

かすかな可能性が生まれては消えていくこの作業はとても虚《むな》しく、ふと、こんな方法で本当に紗枝に行き着くのだろうかという不安が過《よぎ》る。

こうしている間にも、紗枝は知らない場所で無関係な人間の犯罪に利用されているかもしれないと思うと、心が痛くて仕方がない。

結局はいつもと同じく、今の自分にできることはこれしかないという結論に落ち着くのだが、この繰り返しにはいい加減うんざりだった。

爽良は新着記事のチェックを終えると、膝《ひざ》を抱えて顔を埋《うず》める。

心の中は、なにひとつ上手《うま》くいかないもどかしさでいっぱいで、今にも溢《あふ》れてしまいそうだった。——そのとき。
どこからともなく、女の人の泣き声が聞こえた気がした。
爽良はふと顔を上げ、周囲に意識を集中させたけれど、辺りはしんと静まり返ってい
て風の音すらしない。
ただ、わずかに空気が張り詰めているような妙な違和感があり、ごく些細《ささい》なものだっ
たけれど、気のせいとしてやり過ごすには少し無理があった。
なにかがいる、と、爽良は思う。
そして、この妙に控えめな気配で思い当たるのは、昨晩窓の外から覗いていた影以外
になかった。
爽良はおそるおそる立ち上がり、ダイニングルームへ足を踏み入れる。
動いた瞬間、肌に触れる空気の冷たさに気付き、これは間違いなく霊障だと爽良は確
信した。
緊張が込み上げる中、昨晩影が現れた窓に視線を向ける。
しかしそこに昨日のような影は見当たらず、一旦緊張を緩めた——瞬間。
ふたたび耳に届く、か細い泣き声。
それはあまりに弱々しく、怖ろしいというよりも、聞いているだけで心が締め付けら
れるような悲愴《ひそう》感が漂っていた。
霊の多くは、人に訴えてくる時点ですでに悲しみを怒りや恨みに変換していて、凶暴

な手段に出る場合が多い。

しかしこの霊はむしろ逆で、過去に数々の霊と遭遇してきた爽良ですら、こんなにも辛《つら》そうな泣き声を聞いたことがなかった。

やがて、いったいどんな深い無念を抱えているのだろうと、同情する気持ちが込み上げてくる。

すると、そんな心の機微を察知したかのようなタイミングで、窓がピシ、と音を立てた。──そして。

『い』

辺りに響く、かすかな声。

ほとんど聞き取れなかったけれど、それが自分に向けられたものだと爽良は肌で感じていた。

ただ、どんなに同情心を煽《あお》られようとも、この霊が爽良に印を付けた張本人であることは間違いなく、危険な衝動を隠し持っている可能性は否定できないし、無視しろと言っていた御堂の言葉も忘れてはいない。

やはり安易に相手にすべきではないと、爽良は窓に背を向けて床に座り、深呼吸をして気持ちを落ち着かせた。

そして、黙っていればいずれは諦《あきら》めてくれるはずだと、ただ静かにそのときを待つ。

しかし、どれだけ待っても気配は消えることなく、むしろ泣き声は少しずつ大きくなっていった。

辛そうな声が響くたび、まるで背中を刺されるかのような痛みが走る。

なにも考えないようにしているつもりでも、心が勝手にこの霊の悲しみに同調し、鈍く疼《うず》いた。

やがて、——自分はいったいなにをしているのだろう、と。

声を聞くことができるのに、こんなに悲しい声を無視することは果たして正解なのだろうかと、小さな疑問が膨らみはじめる。

鳳銘館に彷徨《さまよ》う紗枝には躊躇《ためら》いなく手を差し伸べても、素性を知らないこの霊には声ひとつかけられないのだろうかと。

子供の頃から、どんなに望んでも、霊をないものとしてやり過ごすことはできなかった。だからこそ向き合おうと決めたのに、結局逃げるのならば、これまでとなんら変わらない。

冷静さを欠いた状態で感情に流されるべきではないとわかっているのに、延々と続く悲しげな泣き声は容赦無く爽良の心を乱し、次第に、なにが正解なのかわからなくなっていく。

「もう……やめて」

気付けば、衝動的にそう呟いていた。

その瞬間、泣き声がぴたりと止まる。

しかし、それは、爽良の訴えが聞き入れられたというわけではない。

言葉の内容は関係なく、おそらくこの霊にとって重要なのは、反応があったという事実のみ。

瞬時に後悔が込み上げたけれど、これ以上無視し続けるのはどうせ無理だったという思いがあったせいか、すぐに腹が据わった。

爽良は窓の方へゆっくりと体を向ける。

窓に昨日視たような影はなく、泣き声も聞こえない。ただ、窓の向こう側から感じる気配は、明らかに強くなっていた。

そして。

『こに　る』

ふたたび響いた、消え入りそうな声。

心臓がみるみる鼓動を速める中、爽良は必死に声に集中した。

「……なん、ですか」

『る　こに、　……る、　……こが……』

返事をしたせいか、途切れ途切れだった声は少しずつ明確になっていく。

「ここに……、いる……？」

『……すこ、が、　こに……い……』

「すこ……？　――息子？」

それが正解だと察したのは、窓ガラスが大きく揺れた瞬間。

この霊が繰り返し訴えているのは、おそらく、「ここに息子がいる」という言葉。

しかし、かろうじて聞き取れたその言葉だけでは、目的はおろか息子が生きているのかどうかすらわからない。

「ここ、って……、鳳銘館のことですか……？　捜してほしいってこと……？」

『……た、を、……ずっと、ずっと』

「え……？」

『こが、たし、を……、ずっと、ずっと、ずっとずっとずっとず　と　ずっ　とず……とず、ず――』

突然声が強い感情を帯び、全身がゾクッと冷えた。

爽良は震えだした指先を強く握り込む。

「どういうこと、ですか……？　息子さんが、あなたを捜してたってこと……？」

『ずっ、……ずっとず……っと　ず　と』

「教えて、ください……！」

まるで機械のように繰り返される言葉に恐怖が込み上げ、爽良はなかばパニックになりながらも必死に訴えた。

すると、突如声がぷつんと途切れ、その代わりに窓の隙間から細長いものがスッと差し込まれる。

それはずいぶん黒ずんでいるが質感は金属のようで、針金のような細い軸が二本並び、端でひとつにまとまっていた。

どうやらこれが爽良の問いに対する答えのようだが、差し込まれた物がいったいなんなのか、爽良にはまったくわからない。

しかし、細い金属はゆっくりと差し込まれながら徐々に全体像を明らかにしていき、やがて、端に付けられた平たい円形の装飾が露《あら》わになった途端、爽良の頭にひとつの答えが浮かんだ。

「簪《かんざし》……？」

確信すると同時に、簪はコトンと音を立てて床の上に落ちる。

「どうして、これを……」

問いを重ねても反応はなく、窓の外はただただしんと静まり返っていた。意図がわからず不気味だが、爽良はひとまず簪に視線を落とす。

簪といえば、着物を着るような特別な日に髪に飾る華やかな装飾品というイメージが強いが、目の前のそれは質素で傷みも激しく、かなり使い込まれているような雰囲気がある。

もしこれが日常的に使われていたものだとするなら、持ち主が生きていた時代はずいぶん古い。

「これは……、あなたのものですか……？」

返事はもらえないだろうと思いながらも、爽良は一応反応を待った。

予想通り、窓の外はいつまでも静まり返っていたけれど、この簪にすべての答えがあると言わんばかりの圧が伝わってくる。

爽良はどこか嫌な予感を覚えながらも、簪に手を伸ばした。

そして、たとえなにかあったとしてもここは結界の中だと自分に言い聞かせ、ゆっくりと円形の装飾に触れた——瞬間。

視界が一気に真っ白になり、抗《あらが》えない勢いで意識が遠退《とおの》いていった。


「——さん」

誰かの呼び声にうっすらと目を開けた爽良は、目の前に広がる霞《かすみ》がかかったような視界に、これは夢だと察した。

ただし、普通の夢でないことは、ぼんやりとした頭でもわかっていた。

この現実との差が曖昧《あいまい》な奇妙な空気感は、予知夢か、または霊の意識が流れ込んできたときの感じと似ている。

意識が飛んだときの状況から考えると、今回はおそらく後者。つまり、簪の持ち主の記憶を覗《のぞ》いているのだろうと爽良は思う。

「……母さん」

ふたたび響いた、呼び声。

ふと視線を泳がせると、自分の視点がずいぶん高いことに気付く。

眼下には家々の屋根が小さく見え、まるで宙に浮いているかのような心地にクラッと目眩《めまい》を覚えた。

しかし、ふと周囲の風景を遠くまで見渡した瞬間、爽良はその惨憺《さんたん》たる光景に思わず息を呑《の》む。

目線の先に広がっていたのは、広大な範囲で真っ黒に焼け落ちた街の惨状。いたるところで建物が倒壊していて、もはや元の姿が想像できないくらいの酷《ひど》い有様だった。

爽良の周囲をはじめ比較的被害の少ないところもあるが、それでも見える範囲の半分程は瓦礫《がれき》の山と化している。

これはいったいどういうことかと、爽良はただ呆然《ぼうぜん》とその光景を見渡した。

しかし、そのとき。突如眼下でなにかが動いたような気配を覚え、爽良は咄嗟《とっさ》に我に返る。

同時に、爽良の視点が屋根のスレスレまでぐっと下がった。

突然のことに戸惑いながらも、ふと目に留まったのは、家の前にぽつんと佇《たたず》む青年の姿。

「母さん、どうして……」

その声を聞いた瞬間、この青年こそさっきから聞こえてきていた呼び声の主に違いないと爽良は思う。

青年はずいぶん姿勢がよく、シャツにスラックスをきっちりと着こなしているが、どこかうかない表情を浮かべていた。

なんだか気になって様子を窺《うかが》っていると、ふと、年配の男性が青年に近寄ってきてそっと肩に触れる。

「宗一《そういち》くん、まだ悦子《えつこ》さんは見つからないのかい……？」

宗一と呼ばれた青年は視線を落とし、小さく頷《うなず》いた。

「ええ。……家は無事だったというのに、母からは一向に音沙汰《おとさた》がなく」

「そうか。やはり、この辺りもいつどうなるかわからなかったから、悦子さんもどこかへ身を寄せて、今もまだ世話になっているのかもしれないよ。新宿に渋谷《しぶや》にと次々あんなことになって、ここらの住人も皆怯《おび》えていたし、うちの家族も防空壕《ぼうくうごう》を持つ親戚《しんせき》の家にしばらく避難していたから」

「しかし……、親戚も知り合いもとうにあたりましたし、終戦からもうずいぶん経ちます。家には母の私物はもちろん、大切にしていた簪まで残されていて、なにより、最後の手紙には家で私の帰りを待っているとありました。だから、そろそろ戻っていても……」

「……最後の手紙とは、いつ届いたものだい？」

「それは……」

「もし終戦前ならば、当時は状況が刻一刻と変わっていたし……」

「………」

男の言葉に、青年は辛《つら》そうな表情を浮かべて口を噤《つぐ》んだ。

爽良はそのやりとりを聞きながら、どうやらこれは第二次世界大戦の終戦後の出来事らしいと察する。

つまり、爽良が見た悲惨な光景は、空襲の跡。

戦時中、東京が百三十回にもわたる空襲によって甚大な被害を受けたことは、平成《へいせい》生まれの爽良でも、教科書やテレビを通じてある程度は知っていた。

そして、宗一はおそらく帰還兵であり、しかし待っているはずの母の姿が見当たらず、捜しているのだろう。

「近隣まで被害が及んで、知った顔もだいぶ犠牲になったよ。そんな中で代官山がこの程度で済んだのは幸いだが、そんなことは誰にも予想できなかった。皆が避難する中、悦子さんは一人っきりでさぞかし不安だったろうし、頼れる人がいたなら身一つで避難していても不思議じゃないだろう。……ただ、空襲はあの後も続いたから、もしかすると避難先で――」

男は言いかけた言葉を慌てて呑み込み、少し動揺した面持ちで、ふたたび口を開いた。

「……避難先で、……怪我でも負って療養中なのかもしれない」

男が最初になにを言おうとしていたかは、爽良にも察することができた。

当たり前のように人の命が消えていくこの時代、死に対する感覚が麻痺《まひ》していたと語る戦争経験者の話を爽良はテレビで聞いたことがある。

平和な時代に生まれた爽良に、その感覚を理解するのはとても難しかった。

けれど、実際に悲惨な光景を目の当たりにした今は、すぐに死を連想してしまう心理がほんの少しだけ理解できるような気がした。

宗一が無言で俯《うつむ》くと、男は居たたまれないといった様子で視線を外す。そして。

「まあ……、こっちも知り合いに聞いてみるから、宗一くんもなにかわかったら教えてくれよ。君たちのことは家族も気にかけているから」

そう言い残し、そそくさと立ち去っていった。

残された宗一は口を固く結び、拳《こぶし》を握る。

必死に涙を堪《こら》えているようなその仕草に、胸がぎゅっと締め付けられた。――そのとき。

『宗一――』

どこからともなく響いた、女性の声。

驚いて周囲を見渡したものの、それらしき姿はどこにもない。

すると、そのとき。突如、爽良の意志とは無関係に右腕が動きだし、ゆっくりと宗一に向けて伸ばされた。

しかし、視界に映ったのは見慣れた自分の右腕ではなく、袖口《そでぐち》を細く絞った和服から伸びる、煤《すす》だらけの腕。

よく見れば袖には夥《おびただ》しい程の赤黒い染みがあり、爪は紫に変色していた。

自分になにが起こったのか理解ができず、思考が真っ白になる。――しかし。

『宗、一……』

悲しい声が響いた瞬間、爽良の混乱がスッと凪《な》いだ。

同時に、あの簪《かんざし》の持ち主は、さっきの二人の会話の中に出てきた悦子のことであると、――そして、悦子が爽良に繰り返し訴えていた息子とは、宗一のことを指すのだと確信する。

ただ、この状況からひとつだけはっきり言えるのは、悦子はこの時点ですでに亡くなっているという事実。

最初の視点がずいぶん高かった理由は、すでに肉体をなくして魂だけになってしまっていたからだろう。

つまり、悦子はやはり避難先か出先で命を落としてしまったのだと考えられる。それも、煤だらけの腕や袖に滲《にじ》んでいた血の痕《あと》から考えて、普通の死に方ではない。

さっきの男が宗一に言いかけていた通り、空襲の犠牲になってしまった可能性も十分に考えられた。

しかし、戦後の混沌《こんとん》とした状況の中でその情報が宗一の耳に届くことはなく、おそらく宗一は今も母が生きていることを信じている。

こんなにも辛い別れが存在するのかと、爽良はただただショックだった。

ただし、さっき目にした街の惨状を思い返せば、こんなことが当たり前のように起こっていたであろう事実も、容易に想像することができた。

そして、自分が知っていた戦争とは年表に沿った浅い知識でしかなく、本質となる悲惨さをまったく理解していなかったのだと改めて実感した。

そんな中、視線の先では宗一が胸元から一枚の写真を取り出し、そっと額を寄せる。

「母さん、……必ず見付けるよ」

噛《か》み締めるように呟《つぶや》いたひとり言が、静まり返った街に響いた。

すると、その声に反応するかのように悦子の指先が震えだし、ぐらりと体が傾くと同時に屋根から地面に下りる。

そして、悦子は宗一の正面に立った。

『宗一……』

当然ながら、目が合うことはない。

間近で見た宗一の目はどこか虚《うつ》ろで、胸が酷く締め付けられた。この痛みはきっと悦子のものだと爽良は思う。

『宗一、私は、ここに……』

伝わってくる感情には、強い戸惑いが混ざっていた。

ふと、悦子は自分の死をまだ認識しておらず、宗一と目が合わないことを受け入れられないのではないかということが頭を過《よぎ》る。

その瞬間、――唐突に、目の前にいたはずの宗一がふわりと消え、視界が真っ白になった。

意識が戻るのかと思いきや、ふたたび現れたのは、さっきよりも少し年を重ねた宗一の姿。

宗一は大きな家の前で誰かに深々と頭を下げた後、さっきも見ていた悦子の写真を取り出し小さく溜《た》め息をついた。

宗一の前を人や車が行き交う賑《にぎ》やかな様子から、ずいぶん復興が進んでいることがわかる。

あれからどれくらいの時間が経ったのかはわからないが、宗一は今もまだ母を捜し、尋ね歩いているらしい。

ただ、その背後にはぴったりと寄り添う悦子の姿があった。

しかし、宗一が母の存在に気付くことはない。それは、見ているだけで胸が苦しくなるような、切ない光景だった。

やがて目の前の景色がふたたび変化し、さらに年月が進む。

最初は二十代そこそこに見えた宗一もすっかり大人の貫禄《かんろく》を帯び、その隣には、女性の姿があった。

二人は仏壇の前に座り、まるで時間が止まってしまったかのように長い時間手を合わせる。――そして。

「母さん、……母さんからもらったこの命を、繋《つな》げていくよ。……どうか、見守ってほしい」

宗一はそう言って顔を上げると、仏壇に置いてあった簪にそっと触れた。

それはまさに、爽良をここへ導いたものと同じだった。

おそらく、宗一は長い年月をかけ、母の死を受け入れたのだろうと爽良は思う。命を繋げていくというのは、きっと隣に座る女性と添い遂げることを意味するのだと。

そんな中、悦子は宗一のすぐ後ろで、静かに佇《たたず》んでいた。

感情は、よくわからない。

寂しいのか、嬉《うれ》しいのかすら。――しかし。

『母、は　ここ　に……』

ふいに、途切れ途切れの呟きが響いた。

その声はなんだか不穏で、爽良は嫌な予感を覚える。

すると、そのとき、――突如、悦子の体を炎が包み込んだ。

その真っ赤な炎を目にした瞬間、爽良は、空き家で見た赤い光の正体はこれだったのだと察する。

それはまさに、紗枝がいるかもしれないと勘違いするきっかけとなった炎だ。

突然の発火に、宗一は慌てて立ち上がり、座っていた座布団を叩《たた》きつけて消火する。

「なにもないところに、どうして火が……」

宗一は酷く動揺しながら、焦げた畳に触れた。

妻らしき女性は言葉も出ないといった様子で硬直している。

『は、母、母は　ここに』

悦子はその様子を無表情で見つめながら、同じ言葉を繰り返した。

その体は黒く焼けただれ、顔面には鼻も眼球もない。どれだけ悲惨な最期だったかを物語るその姿に、爽良はたまらず目を逸《そ》らした。

「もしかして……、お義母様がなにかを訴えてらっしゃるのでは……」

ふいに、宗一の妻が酷く怯《おび》えながらそう口にする。

しかし、宗一は宥《なだ》めるようにその肩を摩《さす》りながら、首を横に振った。

「……おそらく、酷い乾燥のせいだ」

とても納得できるとは思えない説明だったけれど、妻は戸惑いながらも結局小さく頷《うなず》く。すると、宗一はその頬にそっと触れ、目を細めた。

「母は、優しい人だよ」

その切ないひと言から、宗一がどれだけ辛《つら》い思いを押し殺しながら前に進むことを選んだかが伝わってくる。

しかし、悦子はそれを聞いても反応ひとつ見せなかった。悦子にはもう宗一の言葉は届いていないのだろう。

死の無念と息子に気付いてもらえない寂しさを抱えて長い年月彷徨《さまよ》ううちに、少しずつ魂が歪《ゆが》んでしまったのではないかと爽良は思う。

この世に留《とど》まってしまったきっかけがたとえ些細《ささい》な思い残しだったとしても、留まればそれが解消されるということはなく、いずれは歪《いびつ》に形を変えてしまうのだと、爽良は鳳銘館に彷徨う霊たちを通じて知った。

現に、鳳銘館にはそうやって悲しい地縛霊になってしまった霊が今も多く彷徨っている。

悦子もまた、自分を捜し続ける宗一のことが気がかりで、傍に寄り添い続けるうちに我を失い、地縛霊と化してしまったのだろう。

たとえ親子で同じ辛さを抱えていたとしても、生きているのと死んでいるのとでは大きく違い、生きてさえいれば人生の中で心残りを昇華させることができる。

まさに、辛い思いを抱えながらも、生きて母からの命を繋いでいくことを決断した宗一のように。

宗一が戦後の一九四五年頃に二十歳前後だったと仮定すれば、現代での宗一は九十五歳前後。悦子が一人で彷徨っていたことから考えても、すでに生をまっとうして浮かばれている可能性が高い。

かたや、悦子は今もまだ変わらず彷徨っている。

それは、あまりに残酷なすれ違いだった。

過去の出来事を知ったことで、悦子の抱える無念を理解できたものの、爽良の心の中にはなんとも言えない重い感情が渦巻いていた。

やがて、目の前の光景はまた移り変わり、さらに時が進む。

しかしそれ以降はまるで早送りをしているかのように、会話は聞こえず、宗一とその後を追う悦子の姿が延々と続いた。

やがて、視界がだんだん曖昧《あいまい》になり、意識が遠退いていく。

しかし、頭の中には宗一に寄り添う悦子の悲しい姿が張り付いていて、最後まで離れなかった。


爽良は、簪《かんざし》を握りしめたまま意識を戻した。

一瞬、どこからどこまでが夢なのかと混乱したけれど、張りつめた空気を肌で感じながら、少しずつ意識を失う前の状況を思い出す。

ずいぶん長い間悦子の記憶を見ていたような気がするけれど、時刻は〇時過ぎと時間はほとんど経っていない。

そして、窓の外には今も気配があった。

「……あなたは、悦子さん、ですね」

問いかけた声は、ずいぶん落ち着いていた。

過去を知り、素性がわからないことへの恐怖は払拭《ふっしょく》され、代わりに爽良の心を占めていたのは深い同情心だった。

「とても辛い思いをされたんですね……」

反応はない。

ただ、爽良には、悦子にどうしても伝えてあげなければならないことがあった。

「……あなたの息子さんは……宗一さんは、きっともう浮かばれています。……だから、もうそんなに心を痛めなくていいんですよ……」

もちろん、息子がずっと自分を捜していると悲しげに訴えてきたあの思いが、そう簡単に晴らせるなんて思ってはいない。

ただ、霊感のある自分ならほんの少しでも伝えられるのではと、浮かばれるきっかけのひとつになれるのではないかと、願わずにいられなかった。

しかし、しばらく様子を窺《うかが》ってみたものの、悦子の気配に変化はない。

そして。

『　……に　いる』

悦子の声が小さく響いた。

「え……？」

『ここ　に　……いる　』

その声を聞いた途端、やはり爽良の言葉は届かないのだと察する。

悦子の望みはおそらく、自分がここにいることを宗一に伝えてほしいというただそれだけであり、爽良との意思の疎通はまったくの一方通行なのだと。

　とはいえ、おそらく宗一がいない今、その望みを叶《かな》えることはできないだろう。

「悦子さん……、宗一さんはもう……」

『ここ　に　……ここ　に、　い　い』

　次第に、悦子の声が酷《ひど》く震えはじめた。

　またさっきのように感情を昂《たかぶ》らせるのではないかと、爽良は身構える。――しかし。

『ここ　に、　――息子、　が』

　突如はっきりと響いた息子という言葉に、爽良は目を見開いた。

「息子……？　今……、息子が、って言いました……？」

　頭は酷く混乱した。

　悦子自身がここにいることを訴えたいのかと思いきや、悦子が口にしたのは自分のことではなく、息子のこと。

「それって……、宗一さんがここに……、鳳銘館にいるということですか……？」

　理解が追い付かない中、爽良は思いついたままの疑問を口にする。

　そう言いながらも、そんなことはあり得ないと考えている自分がいた。

　しかし、爽良が言い終えると同時に、窓ガラスがビリビリと大きく振動する。

　信じ難いことだけれど、どうやら爽良の仮説は正しいらしい。ただ、それを知ったところで爽良の混乱は深まる一方だった。

なにせ、宗一と鳳銘館の繋《つな》がりなどまったく想像もできず、かといって悦子が嘘を言う理由も思い当たらない。

そんな中、ふと思い出すのは、ついさっき見てきた過去で聞いた、宗一と年配の男との会話。

男は空襲の話をしているときに、「代官山がこの程度で済んだのは幸い」と話していた。つまり、宗一と悦子の生家があったのは代官山ということになり、爽良が赤い光を見た空き家こそ、生家の跡地ではないかという可能性が浮かぶ。

庄之助がこの建物を買い取り、鳳銘館としてアパート経営を始めたのは戦後間もなくのこと。

二人がかなり近い場所に住んでいたことを考えると、宗一と鳳銘館の間になんらかの関わりがあった可能性がないとは言いきれなかった。

当時の宗一は必死に悦子を捜していたし、日に日に悦子の死の可能性が濃くなっていく中で、魂と会えるという鳳銘館の噂を耳にして訪ねてきていたらと考えると、とくに不自然ではない。

そう思いつくと同時に、ふたたび窓がビリッと振動した。

まるで心の中を読まれているかのような反応に、爽良は顔を上げた——瞬間。目に映った光景に、思わず息を吞《の》む。

爽良が視たのは、窓の隅から部屋を覗《のぞ》き込む、片方の目。それ以外はほぼ隠れているけれど、それは、ようやく悦子が爽良に姿を見せた瞬間だった。

爽良をまっすぐに捉《とら》える黒目はどろりと重く澱《よど》み、そこに滾《たぎ》る深い感情が伝わってくる。そして。

「会い、たい」

悦子は、はっきりとそう口にした。

その言葉は辺りの空気を震わせる程にずっしりと響き、爽良は思わず言葉を失う。

これまで、なかなか姿を現さない悦子を、どちらかと言えば控えめな霊だと思っていた。

しかし、実際は片目が露《あら》わになっただけで身震いする程の存在感があり、もしかすると爽良の想像をはるかに超える過激さを秘めているかもしれないと、心に不穏な予感が過《よぎ》る。

爽良は込み上げる恐怖に必死に抗《あらが》い、震える唇を開いた。

「……調べて、みます……。宗一さんと、鳳銘館とのゆかりを……」

そう伝えたものの、悦子に反応はなく、ただただ長い沈黙が流れる。

目眩《めまい》がする程の緊張感に、爽良は呼吸の仕方すら忘れた。

結界の中にいてもこれほどの圧を感じるなんてと、爽良は戸惑いながらも、悦子から向けられる視線に必死に堪える。

一秒が、異様に長く感じられた。

やがて、このまま永遠に解放されないのではないかとすら思いはじめた頃、――突如、張り詰めた空気がふっと緩む。

同時に悦子の気配は消え、静まり返った部屋で爽良はふらふらと床に崩れ落ちた。

ひとまずほっとしたものの体に力は入らず、爽良はそのまま呆然《ぼうぜん》と悦子が覗き込んでいた窓を見つめる。

頭から離れないのは、宗一が鳳銘館にいると言った悦子の言葉。

その可能性がなくはないと一度は考えたけれど、正直、違和感は拭《ぬぐ》えなかった。調べると宣言したものの、その方法はまったく思い付いていない。

しかし、そのときふと、床に積み上げられた住人名簿と管理日誌が目に入った。

御堂いわく、鳳銘館の歴史はこれらにすべて詰まっているという。

ただ、悦子の気配にまったく気付かなかった宗一に霊感があるとは思えず、だとすれば部屋を貸す基準を満たさない宗一の名は、確認するまでもなく名簿にはないだろう。

つまり、宗一と鳳銘館との関わりを知るためには、庄之助が日誌に綴《つづ》った日々の出来事から地道に捜し出す他ない。

とはいえ、それは口で言う程簡単ではなかった。

まずもって、宗一のことは下の名前とおおよその年齢以外なにもわかっていない。

たとえ宗一らしき人物のことが綴られていたとしても、庄之助亡き今、それが本当に本人のことかどうかを明らかにする方法がない。

ただでさえ日誌には膨大な情報が詰まっているというのに、そこから曖昧《あいまい》な情報を捜し出すなんて、想像しただけで過酷だった。

それでも、今頼れるものは、どう考えても日誌しかない。

爽良はひとまず積まれた日誌を手繰り寄せ、一番古いものを手に取った。

しかし、表紙を開くやいなや、たちまち頭を抱える。

日誌を開くたびに直面するのは、庄之助が綴るあまりにも達筆すぎる文字の読み辛《づら》さ。

ただ読むだけで通常の何倍もの時間がかかるというのは、致命的な問題だった。

とくに一番年代が古いものは随所が湿気で傷んでおり、捲《めく》るだけで破れそうなページもある。

おまけに紙も墨も全体的に酷く劣化していて、まったく解読不可能な箇所もあった。

爽良は早くも途方に暮れながら、折れそうな心をなんとか奮い立たせ、みみずのような文字を追う。

大変な作業ではあるが、ただ、諦《あきら》めようという気は少しも起こらなかった。

というのも、徐々に冷静になっていく頭で、爽良は確信を持ちはじめていた。

もし本当に鳳銘館に宗一の気配が残っているのならば、そうなるに至る程の重大な事件が鳳銘館で起こったと考えられる。

しかも関わっているのが住人以外となると、庄之助が日誌に残さないなんて考えられない。

確信は集中力を上げ、爽良はとにかく住人以外の人物の名を見落とさないよう注意を払いながらページを進めた。

人名が出てくれば同じ時代の住人名簿と照らし合わせながら、ひとつひとつ丁寧に確認していく。

ずいぶん長い間、爽良は時間を忘れて読み耽《ふけ》った。

しかし、目を酷使するせいか次第に視界が霞《かす》みはじめ、ついには酷い頭痛にまで襲われ、やがて限界を感じて日誌から視線を外す。

すると、そのとき。

玄関ホールから突如、コンコン、と、控えめなノックが響いた。

爽良はビクッと肩を震わせ、戸に視線を向ける。

時刻は三時前。こんな時間に訪問者なんてあり得るだろうかと緊張が込み上げ、鼓動がみるみる速くなっていく。――しかし。

「爽良」

戸越しに響いたのは、よく知る声。

たちまち緊張が緩み、爽良は駆け寄って戸を開けた。

立っていたのは、礼央。

たった今帰ってきたのか、背中にはバックパックを背負ったままだった。

「礼央……」

「電気がついてたから」

どうしたのと問うより先に、礼央はそう言う。そして。

「なにかあった？」

日誌の散らかる部屋を見て察したのだろう、わずかに瞳《ひとみ》を揺らした。

「あ……、えっと……」

思わず口籠《くちごも》ってしまうのは、まず誤魔化すことを考えてしまう、長年の癖のせいだ。

しかし。

「なにか来てたでしょ」

礼央はさも当たり前のようにそう言い当て、窓の方へ視線を向けた。

爽良はわかりやすく動揺する。

正直、礼央が視える人間だと知ってからというもの、その鋭さには驚かされるばかりだった。

礼央の問いかけから伝わってくるのは、静かな声色とは裏腹に、もうこれまでのような誤魔化しに付き合う気はないという強い意志。

爽良は観念し、戸惑いながらも口を開いた。

「実は、印を付けられてしまって……」

礼央はある程度予想していたのか、さほど驚く様子はない。そして。

「入っていい？」

そう言いながらバックパックを下ろし、中から小さな袋を引っ張り出して爽良に渡した。

「いいけど、……っていうか、これは……？」

「あげる。今日は渋谷だったから、待ち時間に買った。一番効率がよさそうなやつ」

「効率……？」

「そう。最近いかにも食べてなさそうだったから、効率重視」

爽良は首をかしげ、袋の口を開ける。

その途端、目眩がする程の甘い香りがふわりと広がった。

「お菓子……？」

「うん」

中を覗《のぞ》き込むと、チョコレートでコーティングされたツヤツヤした表面と、上にトッピングされたカラフルなドライフルーツが目に入る。

「すごい、可愛い」

「見た目は可愛いけど、カロリーは暴力的だと思うよ。バウムクーヘンの穴にカスタードと生クリームを詰めて、さらにチョコでコーティングしてるんだって。ほんと、すごいこと考える」

「まさか、効率ってエネルギー補給のってこと……？」

「そう。それなら即効でしょ」

それは、礼央の心配の度合いがそのまま形になったかのようなお菓子だった。

ただ、ここしばらくかなりの多忙だったはずの礼央が、こんなにも気にかけてくれていたのだと考えると、なんだか申し訳なかった。

「ごめんね……、ありがとう」

「お礼はいいから食べて。消費期限が短いから、なるべく早く。あと、メッセージも送ったけど、他にもまだ部屋にあるから早めに回収しに来てほしい。爽良が取りにこないから、どんどん溜《た》まってる」

「……うん」

頷《うなず》くと、礼央は心なしかほっとした様子でようやく部屋に入った。

そして、早速開いたままの日誌を手に取ると、年代を確認する。

「ずいぶん古いね。どんな奴が来たの」

「それは……、っていうか、今まで仕事してたんでしょ……？」

「仕事というより軽い打ち上げ」

「なおさら疲れてるんじゃ……」

「全然。……で？」

質問の答えを促す礼央は、爽良のことは心配するくせに、自分のことはお構いなしといった様子だった。

本音を言えば少し休んでほしいけれど、こういうときの礼央が折れないことを、爽良はよく知っている。

爽良は戸惑いながらも、ひとまず悦子に付けられた印を見せた。

礼央はそれをしばらく確認し、眉《まゆ》を顰《ひそ》める。そして。

「これ、鳳銘館にいる霊じゃなくない？」

予想だにしなかった鋭いひと言に、爽良は思わず息を呑《の》んだ。

「どうしてわかるの……？」

「勘」

「…………」

勘だと言われてしまうと、それ以上なにも言えなかった。

感覚が鋭いことは知っているつもりだったけれど、礼央はこうしてときどき爽良の想定をはるかに超えてくる。

それを素直に凄《すご》いと思う一方、なんだか遠く感じてしまうときもあった。

「それで、心当たりはあるんでしょ」

「あ……、うん。実は、この前散歩中に――」

つい考え込んでしまった爽良は、急《せ》かされて我に返り、ひとまずことの発端となる空き家での出来事から、悦子が窓の外にやってきたことや、簪《かんざし》から伝わってきた壮絶な過去、そして宗一がここにいるという悦子の訴えまでを一気に話した。

礼央は悦子の簪を手に取り、裏返したり戻したりしながら注意深く観察する。

「それで、日誌を調べてたんだ」

「うん……。本当に宗一さんが彷徨《さまよ》ってるなら、その原因になるような出来事が日誌に残ってるだろうと思って」

「それは、確かにそうなんだけど」

礼央は頷いたものの、どこか納得いかない様子だった。

視線で続きを促すと、礼央は日誌を捲《めく》りながら首をかしげる。

「どうして悦子さんは最初から鳳銘館にいなかったんだろう。宗一さんがここにいるってわかってるなら、ここを彷徨ってた方が自然なのに」

「それは……、私を追ってここに来るまで、宗一さんの気配に気付かなかったからじゃ……」

「だけど、空き家は近いんでしょ。ずっと宗一さんの跡を追い続けてたってことは、行きそうな場所は把握していたはずだし、鳳銘館に来てたとすればそれも知ってたはず。なのに、宗一さんの死と同時にその気配を見失ったと仮定して、今まで鳳銘館に捜しに来なかったなんてことあり得る？　強い執着があるなら、宗一さんがいそうな場所を全部捜さない？」

言われてみると、確かにその通りだった。

視える人間である爽良とたまたま遭遇し、付いて行ったら偶然息子の気配を見付けたなんて、あまりに出来すぎているように思える。

「じゃあ……、鳳銘館に気配があることには気付いていたけど、自分一人じゃ見付けられなかったから、助けを求められる相手が現れるのを待ってた、とか……」

「鳳銘館は視える人間だらけなんだから、だったらここで協力者を捜した方が早くない？」

「……確かに」

礼央の考察には反論の余地がなく、爽良は黙って考え込む。

たしかに変だと、解消しきれない小さな矛盾がじわじわと膨らみ、不安を煽《あお》った。

礼央はそれを察したのか、爽良の肩にぽんと触れる。

「やめよう、今考えても答えは出ないし。それに、空き家の場所にも当然思い入れがあるだろうから、おかしいって言い切るのはさすがに早い気がしてきた」

「礼央……」

「とにかく、先に日誌を確認してから考えよう」

礼央はそう言うと、早速日誌に視線を落とす。さも当たり前のように手伝ってくれようとする礼央に、爽良は慌ててその袖《そで》を引いた。

「待って、私が……！」

「この文字読み慣れてきたから多分俺の方が早いし、爽良は先にソレ食べて」

「そんな」

「食べたら代わる」

「………」

有無を言わせないその言い方に、爽良は諦《あきら》めて袋からバウムクーヘンを取り出す。

たちまち甘い香りが部屋中に広がり、不思議と、まったくなかったはずの食欲が湧いた。

「いただきます……」

「ん」

「……こんな夜中に甘いものなんて、すごい背徳感」

そう言いながらも、ひと口齧《かじ》った途端、凝り固まっていた心と体が一気にほぐれていく程の幸福感を覚える。

礼央の説明を聞いたときはずいぶん重そうなお菓子だと思ったけれど、中のバウムクーヘンは定番のずっしりしたものと違って空気を含んだように軽く、甘さを抑えたビターチョコレートとドライフルーツの酸味が驚く程マッチしていた。

「これ、びっくりするくらいおいしい……」

「はは」

思わず零《こぼ》れた感想に、礼央が小さく笑った。

その表情を見ると、心の中に渦巻いていた恐怖や不安が曖昧《あいまい》になっていく。

爽良は、自分にとって礼央の存在がどれだけ大きいかを改めて実感していた。

自立して自分と向き合おうと並々ならぬ決意を持って鳳銘館へ来たけれど、結局は、礼央の支えで成り立っている。

引っ越し当初、そんなことでは駄目だと、自分一人でやらなければと酷く意固地になっていた気持ちも、こうしてさりげなく心の強張《こわば》りをほぐしてくれる礼央のお陰ですっかり緩んだ。

今はむしろ、いずれは礼央も爽良から離れて自分の人生を歩むのだろうから、それまでは手を貸してもらいながら成長していければという考えに変わりつつある。

遠慮する癖はなかなか直らないし、自分から助けを求めるのは今も躊躇《ちゅうちょ》してしまうけれど、せめて差し伸べられた手は素直に取りたいと。

爽良は最後のひと口を食べ終えると、早速交代してもらおうと、礼央の横に並んで日誌の端をそっと引いた。

しかし礼央は反応せず、ひたすら文字を目で追う。

「礼央、代わって……？」

「こうして見ると、部外者って全然出てこないね」

「聞いてる……？」

「今、キリが悪いから」

「…………」

なんとなく予想はしていたけれど、どうやら交代する気はないらしい。

とはいえ引き下がるわけにはいかず、爽良はキリのよいところを見定めようと、隣から日誌を覗《のぞ》き込んだ。

しかし、見定めるどころか、礼央のページを捲る速さにまず驚く。

一ページを確認し終えるスピードは、明らかに爽良の倍以上。読み慣れていると言った礼央の言葉は大袈裟《おおげさ》でもなんでもないのだと、爽良は啞然《あぜん》とした。

「そんなにサラサラ読めるなんて、すごい……」

思わず呟《つぶや》くと、礼央はページを捲る手を止めずに首を横に振る。

「日本語だってことを一旦《いったん》忘れて、記号だと認識すれば早いよ。どんなに癖が強くても、同じ文字はあくまでずっと同じ形なわけだし。感覚はプログラミングと似てて、この文字用の脳に切り替えればそう難しくない」

「……そ、そう」

礼央がなにを言っているのか、爽良にはまったく理解できなかった。

〝記号だと認識する〟という方法を一応は試みたものの余計に混乱し、もはやこれは特殊能力なのだと早々に会得を諦め、爽良は黙って横から文字を追う。

そして、礼央が手を止めたら代わってもらおうと待ち構えていたものの、礼央の集中力は桁違《けたちが》いで、時間ばかりが流れた。

ようやくその手が止まったのは、一時間近くが経過した頃。日誌を支えていた礼央の手が、まるで電池が切れたかのように唐突に床にだらんと落ちた。

「礼央……？」

驚いて見上げると、すでに目は閉じられていて、かすかな寝息が聞こえる。

礼央のこんな姿を見るのは初めてだった。

よほど無理をしていたのだろうと、爽良はひとまず日誌を抜き取り、ベッドから手繰り寄せたブランケットをかける。

いつもなら少しの物音でも起きそうなのに、反応はまったくない。

思えば、礼央はここ数日まともに寝ていない様子だったし、今朝も早くから外出していた。

それでは限界を迎えて当然だと、爽良は申し訳なく思いながら、熟睡する礼央の横顔を見つめる。

寝顔を見るのは子供の頃以来だったけれど、無防備なせいか少し幼く見え、ふと懐かしい気持ちになった。

当時は、傍にいるのが当たり前だった。

だからこれからも一緒にいるのだと、それのなにがおかしいのだと、さも当然のように言い放った礼央の言葉は、心に鮮明に残っている。

「……礼央、ありがとう」

だけど、自分の人生も大切にしてほしい、と。

続きは口に出さないまま、爽良はその横に座って日誌を開いた。

いつの間に眠ってしまったのか、爽良はベッドで目を覚ました。

礼央の姿はもうなく、携帯には「くれぐれも無茶はしないように」というメッセージが届いていた。

どうやら、今日も仕事で外出したらしい。

ならば言ってくれたらよかったのにと、やはり強引にでも昨日は休ませるべきだったと後悔が込み上げてくる。

爽良は溜《た》め息をつき、「手伝ってくれてありがとう」と、「むしろ礼央に無茶させてごめん」と返信した。

ふと時計を見れば、時刻は八時過ぎ。いつもならとうに掃除を始めている時間で、爽良は慌てて着替えを済ませる。

部屋を出ようとした瞬間にふたたび届いた返信には「そうじゃなくて、悦子さんのこと」というひと言。

現時点で日誌から宗一のことはなにもわかっていないのだから、もし悦子が現れても危険な行動を取るべきではないと、いつも感情に流されてしまう爽良に念を押しているのだろう。

そんなに過保護にならなくてもと思いつつ、とはいえ、そうさせているのは自分だと自覚している爽良は「わかってる」と打ち込み部屋を後にした。

その日も、一応警戒していたものの、悦子が現れることはなかった。

昨日の様子から考えて、いつなにを訴えてきてもおかしくないと思っていたぶん、少し拍子抜けだった。

ただ、昼夜関係なく姿を現す霊もいるが、昼間は気配を潜めている霊の方がやはり多く、おそらく悦子も後者なのだろうと爽良は思う。

爽良は部屋に戻るとベッドにもたれて座り、開いたままの日誌を膝《ひざ》に載せてふたたび文字を追った。

どうやら礼央は今日も遅いらしい。

もし帰りに訪ねてきたときは、今日こそ断らなければならないと、爽良は朝から心に決めていた。

しかし、なんの音沙汰《おとさた》もないまま〇時を過ぎ、爽良は一旦日誌から目を外して携帯を手に取る。

不審火に関する記事が更新されていないかを確認するためにブラウザを開いたけれど、長時間難解な文字を追っていたせいか、やたら明るいディスプレイと明確すぎる文字に目がチカチカして、思わず視線を外した。

そして、目を閉じゆっくりと深呼吸をする。

ごちゃごちゃになった心を一度リセットしようとしたけれど、なんだか上手《うま》くいかなかった。

おそらく、紗枝のことはもちろん、宗一のこともまったく前に進んでいないせいだろう。

唐突に、無力感が込み上げてくる。

ネガティブになったところで逆効果だとわかっていながら、ここ最近はとくに、不安定な心を上手くコントロールすることができない。

ふと脳裏に浮かんだのは、家の前に佇《たたず》む宗一の辛《つら》そうな姿。

あのときの宗一の気持ちが、紗枝を必死で捜している今の爽良には痛い程わかる。寄り添い続けた悦子もまた、宗一を見失ったときはさぞかし喪失感を覚えただろう。

考えれば考える程になんとかしてあげたい気持ちが込み上げ、爽良はふたたび日誌に視線を戻した、――そのとき。

ピシ、と窓が不自然に振動する音が響いた。

悦子だ、と。直感すると同時に部屋の空気が張り詰め、肌に触れる空気がキンと冷える。

昨晩よりも明らかに強い霊障に嫌な予感を覚えながら、爽良は静かにダイニングへ移動し、窓に視線を向けた――瞬間。

全身にゾクっと寒気が走った。

爽良が視たのは、両手を窓にべったりと張り付け、眼球をギョロギョロと動かしながら中を覗き込む悦子の姿。これまでの控えめな様子から一変し、強い焦りが伝わってくる。

おそらく、協力してもらえるという希望が悦子の気持ちを煽《あお》ったのだと、爽良は思った。

目が合った途端に豹変《ひょうへん》する地縛霊たちから何度も逃げてきた爽良は、その変化が特別異常なことではないと知っている。とはいえ、たった一晩でここまで、――それこそ、過去で見た元の姿がわからない程に禍々《まがまが》しくなってしまったことには、戸惑いが隠せなかった。

しかし、これもすべて自分が招いたことだと、爽良はおそるおそる窓との距離を詰める。

「……まだ、見付けられて、いなくて」

震える声でそう言うと、悦子の血走った目がピクリと反応した。そして、視点が合っていなかった左右の眼球がぐるんと動き、爽良を捉《とら》える。

赤い色付きガラス越しに見たその両目はより凶暴に感じられ、今にも暴れ出しそうなその迫力に、爽良はただ硬直した。

「もう、少し……、待っ――」

『――い　る』

言いかけた言葉を遮ったのは、はっきりと響いた悦子の声。

額から、嫌な汗が一筋流れる。

「いる、って、どういう……」

『いま　いま　も　いる　……いまも、い、　い』

「今も……？」

悦子はガラスに爪を立て、ギイッと不快な音を鳴らした。

爽良は反射的に両手で耳を塞《ふさ》ぐが、その音はまるで脳に直接響いているかのように、収まる気配がない。

次第に思考能力が奪われ、爽良はその場にうずくまる。そして、昨晩から薄々感じていた悦子の抱える闇の深さを、改めて思い知った。

このままでは、いずれこの部屋の結界も危ないのではと、みるみる不安が込み上げてくる。

しかし、そのとき。

唐突に爪の音が止み、辺りがしんと静まり返った。

濃密に漂う気配から、悦子が去ったわけではないことは確実だが、さっきまでの強い感情はもう伝わってこない。

爽良はこわごわ顔を上げ、窓に視線を向ける。

そこには、変わらず悦子の姿があった。――けれど、その両目からは大粒の涙が次々と零《こぼ》れていて、途端に胸がぎゅっと締め付けられる。

『……こに、いる　のに　あい　た……　のに』

まるで泣きじゃくる子供のような途切れ途切れの訴えは、しばらく止まらなかった。その表情も声も、纏《まと》う空気すらも悲愴《ひそう》感に溢《あふ》れていて、爽良はただ呆然《ぼうぜん》と悦子を見つめる。

宗一のことをどれだけ愛《いと》しく思っているか、どれだけ強く求め続けてきたかと、その目から伝わってくる悦子の感情に体が酷《ひど》く震えた。

やがて、パタッと床を濡《ぬ》らす音で、自分も無意識のうちに涙を流していたことに気付く。

悦子の涙を見て、爽良は紗枝を求める自分の思いを重ねてしまっていた。

はっきり自覚すると同時に、会いたくてたまらないという思いが共鳴し、さらに胸の苦しさが増す。

すると、そのとき。

悦子がふいに、窓枠から左側にスルリと姿を消した。

しかし、消える間際、枯れ枝のような手がひらりと手招きする仕草を、爽良は見逃さなかった。

付いて来いという意味だと察したものの、爽良は戸惑い、窓に近寄って悦子が消えていった方を確認する。

すると、目の前にある木の奥からわずかにはみ出す悦子の肩が見えた。そこから細い腕がスッと伸び、ふたたび爽良に手招きする。

『い　る、　こが　……いま』

小さく響く、か細い声。

もうさっきのような凶暴さは感じられず、気配自体もずいぶん弱い。ただ、混乱しきった頭でも、油断すべきでないことはわかっていた。

しかし、それと同じくらいに、どうにかして宗一と会わせてあげられないだろうかという思いに駆られている自分がいる。

「……どこに、いるんですか」

爽良は衝動的に、悦子に問いかけていた。

すると、悦子は木陰からさらに奥へと移動しながら、爽良にふたたび手招きをする。

細く窓を開けて外を見ると、建物の角にスルッと消えていく悦子の姿が見えた。

「そっちって……、裏庭……？」

どうやら、宗一の気配は裏庭にあるらしい。

悦子からは迷いひとつ感じられなかったけれど、それが本当に宗一なのか、だとしたらなぜ裏庭なのか、疑問はキリなく浮かんでくる。

なにより、そこまで明確に宗一の居場所がわかっていながら、二人が会えない理由がわからなかった。

そもそも、限りなくシンプルな感情だけを抱えて彷徨《さまよ》う霊たちに、再会の概念があるのかどうかすら爽良にはわからない。

いずれにしろ、安易に悦子の後を追う気にはなれなかった。

しかし、だからといってこのまま無視するのも気持ちが悪く、爽良はひとまず窓を閉め、しばらくその場に立ち尽くす。

その間、悦子が戻って来ることはなく、いつの間にか気配もなくなっていた。

心の中では、どっちつかずの気持ちがじりじりと燻《くすぶ》っている。

ふとテーブルに目を向けると、ぽつんと置かれているのは、預かったままの悦子の簪《かんざし》。

なにげなく触れると、指先にひんやりした感触が伝わった。

同時に、心の中にずっしりと重いものが流れ込んでくるような感覚を覚える。

それは怖くも苦しくもなく、ただただ静かで重い。人が生きていた証《あかし》にはこんなに重いものが宿るのかと、少し切なくなった。

というのも、爽良にとっては鳳銘館自体がまさにそれに近く、ただ過ごしているだけで似たような感覚に陥るときがある。

もっと言えば、紗枝がくれた髪留めもまたそれと似ていた。

ふと、――裏庭には宗一の、こういったごく些細《ささい》なものが遺《のこ》されているのではないかと爽良は思う。

宗一の念が籠《こも》る、なにかが。

だとすれば、気配を感じていながらも会えないと嘆く悦子の訴えが、わからなくもなかった。

ただ、もしそうならば、念は宗一のごく一部でしかないと、魂はもう浮かばれているのだと理解しない以上は、悦子は浮かばれない。

とはいえ、霊を相手にそんな複雑なことを説明し、理解してもらうことが果たして可能なのか、爽良にはわからなかった。

試してみたところで、逆上させてしまうかもしれない。

しかし、放っておけば悦子はこれからも永遠に彷徨い続けることになる。

どちらも選び難く、爽良は頭を抱えた。

ただ、自分の落ち度で希望を持たせてしまった以上、爽良には、放っておくという決断を下す自分を想像することができなかった。

悦子を救える人間がいるとすれば、印を付けられた自分以外に考えられない。

もちろん御堂に相談することも考えたけれど、御堂に任せればあっさりと祓《はら》ってしまう可能性がある。

そもそも御堂には魂に同情するという発想がなく、ならば、やはり自分がやる以外にないと、爽良の心の中で次第に使命感のようなものが膨らみはじめていた。

それこそ庄之助がずっとしてきたことであり、爽良もまた、これからは霊と向き合っていこうと決め、鳳銘館を継いだ。

向き合うとは、こういうときに手を差し伸べることではないのだろうかと、ここへ来て以来少しずつ育った信念が小さく疼《うず》きはじめる。

同時に、爽良は自覚していた。

自分はいずれ、庄之助のようになりたいのだと。そして、庄之助のように霊を受け入れ癒《いや》すことが、卑屈にならずに生きるための目指すべき姿なのだと。

もちろん、御堂からの警告や礼央の心配を忘れたわけではなかった。

けれど、ずっと人に合わせて生きてきた爽良の中にようやく芽生えはじめた思いもまた、無視することができなかった。

結果、爽良はなかば勢いのまま、簪をポケットに入れて部屋を出、ひとまず廊下の窓から裏庭を確認する。

しかし、ただでさえ暗い上に鬱蒼《うっそう》とした裏庭は見通しが悪く、ほんの数メートル先すらよく見えない。

その上、そこかしこに小さな気配が漂い、異様な雰囲気を醸し出していた。

悦子を追うのなら、ここに足を踏み入れなければならない。

爽良は一瞬怯《ひる》みかけた気持ちを無理やり奮い立たせ、廊下の用具入れから懐中電灯を取り出すと、勢いのままに東側の廊下の奥まで行き、覚悟を決めて通用口を開けた。

途端に生ぬるい風がふわりと髪を掬《すく》い上げ、木々が大きく枝を揺らす。

爽良は一度深呼吸をしてから庭履きに足を通し、通用口を出て裏庭へと向かった。

裏庭は昼でもあまり気持ちのいい場所ではないが、夜はもはや別の場所であるかのように空気が重苦しい。

爽良は懐中電灯で足下を照らしながら、雑草が蔓延《はびこ》る道を注意深く歩いた。

同じ裏庭でも、小さな池がある西側なら何度か行ったが、東側に関してはほぼ足を踏み入れたことがない。

まさかこんな形で来ることになるなんてと思いながら、爽良はときどき立ち止まって悦子を捜した。

しかし、しばらく歩いても気配ひとつなく、やがて敷地の端に到達する。

すぐに現れるだろうと予想していたぶんなんだか拍子抜けで、爽良はわずかに緊張を緩め、ふたたび建物の方へと足を踏み出した——けれど。

右足がまるで地面に縫い付けられたかのように動かず、爽良はバランスを崩して地面に倒れ込む。

手放してしまった懐中電灯が先へ転がっていき、あさっての方向を照らした。

蔓《つる》にでも引っかかったのだろうかと慌てて足下に視線を向けたものの、視界が悪すぎて状況がよくわからない。

爽良は込み上げる不安を必死に抑えながら、ゆっくりと右脚に力を入れる。

しかし、どんなに引いてもビクともせず、むしろどんどん締め付けられていくような感覚を覚えた。

そんなことあり得るだろうかと焦りが膨らみ、爽良は絡みついているものを無理やり引き剥《は》がそうと足首に触れる。——瞬間。

指先に触れたのは、氷のように冷たいなにか。

これは蔓ではなく、――人の手だ、と。

理解すると同時に、全身から血の気が引き、爽良は弾《はじ》かれるように手を離した。

すると、足首を摑《つか》んでいた手は体の上をじりじりと移動しはじめ、脛《すね》、膝《ひざ》と、少しずつ上へ向かう。

同時に、まるで何者かが体の上に這《は》い上がってくるかのような、ずっしりとした重みを感じた。

逃げようにも抵抗は叶《かな》わず、爽良の体は徐々に地面に押し付けられる。

「っ……」

悲鳴を上げたつもりが、声にならなかった。

ただ、そんなパニックの最中《さなか》、目の前の気配が何ものなのか、爽良は察していた。

「え……つこ、さん……」

反応はないけれど、何度も爽良を訪ねてきたこの独特の気配を、体がはっきりと覚えている。

ただ、宗一を捜してほしいと泣きながら訴えてきた悦子がこんな行動に出た理由は、まったく思い当たらなかった。

「どう、して……」

一方通行の問いは、木々のざわめきにかき消される。

「え、っ……」

それでも必死に声を捻《ひね》り出した瞬間、突如、ひんやりとした手が爽良の喉元《のどもと》を掴んだ。

手にはゆっくりと力が込められ、やがて呼吸が苦しくなっていく。

「っ……」

誰もいない宙に震える手を伸ばしながら、唐突に、死という一文字がリアルに頭を過《よぎ》った。

抵抗しようとすればする程力は強まり、頭を押しつけられた地面がジャリ、と音を立てる。

とても、救いを求める者の仕打ちとは思えなかった。

「……な、ん……」

爽良は今にも折れそうな心を奮い立たせ、悦子に訴える。——そのとき。

ふいに、雲が途切れたのか月明かりが差し、目の前にぼんやりと白い顔が浮かび上がった。

「悦——」

名を呼ぶ声が途切れた理由は、息苦しさや恐怖のせいではない。

浮かび上がったその顔は、——悦子ではなかった。

気配は確かに悦子なのに、顔はこれまでに視たものとまったく違う。

混乱で頭が真っ白になった爽良を他所《よそ》に、悦子の気配を持つその女はさらに強い力で体を押さえつけ、血走った目でまっすぐに爽良を見下ろし薄い唇を開いた。

『ほ、……しい』

この状況にも、女の呟《つぶや》きにもまったく理解が及ばない中、声はやはりこれまで話し掛けてきた悦子のものだと爽良は思う。

命すら脅かされているこの極限の状態で、目の前の女が誰なのかを悠長に考えている場合ではないのに、爽良にはどうしてもそこを無視することができなかった。

そんな中、ふいに強烈な違和感を覚えたのは、女の耳元でなにかが大きく揺れた瞬間のこと。

ぼんやりとしか見えないが、それはおそらくピアスだった。

違和感が、爽良を少しだけ冷静にさせる。

よくよく見れば、女の髪は短く、身に着けた洋服の襟刳《えりぐり》は大きく開いていた。

悦子とは、明らかに生きた時代が違う。

つまり、この女は悦子を装っていたらしい。

どういうわけかわからないが、霊がわざわざ意味のないことをするとは思えず、そこに重大な事実が隠れている気がして爽良は必死に頭を働かせた。

とはいえ、大昔に亡くなっている悦子を装うメリットが、どうしても浮かんでこない。

というのも、悦子が持っているものは、同情せずにいられない壮絶な過去の記憶のみ。

――しかし。

壮絶な、過去の記憶、と。

心の中でその言葉をゆっくりと繰り返した瞬間、――ふいに、心臓がドクンと大きく鼓動を打った。

そして、この女が必要としていたのはまさにそれではないだろうかと、唐突に思い立つ。

つまり、同情を誘う壮絶な記憶こそ女にとって利用価値のあることであり、狙いは最初から爽良を騙《だま》して連れ出すことだったのではないかと。――そして。

『ほ、しい……から、だが』

途切れ途切れの呟きが、女の本当の目的を示唆していた。

まるで答え合わせをするかのように、女の顔がじりじりと爽良に迫り、体の中に冷たいものが流れ込んでくるような感覚を覚える。

体を奪う気なのだ、と。

ようやく目的を理解したものの、地面に押さえつけられた爽良に、もう抵抗する力はなかった。

喉を押さえつけられて呼吸は浅く、次第に思考が曖昧《あいまい》になっていく。

これで終わりだと思うと、ただただ自分が情けなくて仕方がなかった。

悦子を救いたい一心だったのに、結局こんなことになってしまうなんて、あまりにも救いようがないと。

酷《ひど》い無力感が、容赦無く爽良の気力を奪う。

しかし、そのとき。

『ワン！』

突如スワローの鳴き声が響き、体に圧《お》し掛かっていた力が嘘のように消えた。

息苦しさから解放され、身を起こした爽良は酷く咳《せ》き込みながらも周囲を確認する。

すると、目線のすぐ先に、両前脚で女を押さえつけるスワローの姿があった。

『う……、あ……』

女は呻《うめ》き声を上げながらも、その目はいまだに爽良を捉《とら》えて離さない。

その異常な執着心に、全身に震えが走った。――そして。

「……そこから動かないでね」

ふいに声をかけられ顔を上げると、背後に立っていたのは、いつになく真剣な表情の御堂。

御堂は爽良に視線ひとつくれずに通り過ぎると、スワローが押さえつけた女の横に立ち、頭の上で数珠《じゅず》を揺らした。

「もしもし、お姉さん」

口調は軽々しいけれど、その目は少しも笑っていない。

しかし、女は御堂の呼びかけにはいっさい反応をせず、相変わらず爽良だけをまっすぐに見ていた。

「悪いけど、あの子はあげないよ」

その妙に淡々とした呟きには底冷えする程の迫力があり、爽良は硬直する。——そして。

「……小賢《こざか》しい知恵を付けてる割に、雑魚《ざこ》じゃん」

御堂はそう言い終えるやいなや、ポケットから藁《わら》人形を引っ張りだし、女の頭に押し付けた。

その瞬間、女はピタリと動きを止め、目を大きく見開く。

そして、——辺りに悲しげな悲鳴を響かせながら、まるで闇に溶けていくかのように女の輪郭が徐々に曖昧になった。

ほんの一瞬の出来事に、爽良はただただ呆然《ぼうぜん》とする。

ふと頭を過《よぎ》ったのは、御堂から少し前に聞いていた、藁人形に霊を閉じ込めるという不思議な話。

閉じ込めた霊は自ら焚《た》き上げをして供養するか、もしくは住職である父に任せるのだと話していた。

聞いた当初は、そんな映画のようなことが現実にあるなんてと驚いたけれど、こうして手慣れた様子を見せつけられると信じざるを得ない。

現に、女が閉じ込められた藁人形は、御堂の手の中で藁が軋《きし》むような不気味な音を立てていた。

「……その人、って……」

　とくに、聞きたいことがあったわけではなかった。ただ、最後に聞いた悲鳴が脳裏にこびりついて離れず、なんでもいいから声を出さなければ不安に呑《の》まれてしまいそうだった。

　御堂は爽良に視線を向けることなく、藁人形になにやら細い紙を巻きつける。——そして。

「君はコレに騙されたんだよ」

　淡々と、そう口にした。

　霊をコレと呼ぶ、まったく感情の籠《こも》らない声に不安を覚えながら、爽良はポケットから簪《かんざし》を取り出す。

「……私は、この簪を通じて持ち主の悦子さんの記憶を見て……、助けを求められてると思って……」

「だから、騙されたんだってば。たまに、同情の買い方を知ってる妙な知恵を付けた奴がいるし、その悦子さんって人が簪に残した念を利用したんでしょ」

「なら、悦子さんは……」

「知らないよ。少なくとも、地縛霊になる程の念じゃなくて、だからこそ利用しやすかったんでしょ。……てか、悦子さんの過去の記憶を見ておいて、自分をここまで誘い出したのが悦子さんじゃないってことに気付かなかったの？」

「…………」

そう指摘された瞬間、爽良はふと、時折覚えていた違和感を思い出した。

改めて考えてみれば、強い執着を露《あら》わにしながらも、悦子はほとんど爽良の前に姿を現さなかったと。

しかも、現れるのは必ず夜で、爽良を誘い出したときすら全身を見せることはなかった。

あの不自然さには意味があったのだと、今更気付いたもののどうにもならない。

御堂は動揺する爽良を見て、鼻で笑った。

「可哀想だって思って油断してた？」

声色はさっきと変わらないけれど、ようやく向けられた目は酷く冷たく、爽良は息を呑んだ。

御堂はしばらく爽良を見つめた後、ふたたび藁人形に視線を戻す。

そして、手にしていた数珠をその胴体に巻き付けたかと思うと、――辺りにブチンと嫌な音が響いた。

一瞬、なにが起きたのかわからなかった。

しかし、御堂の手にある真っ二つに千切れた藁人形を目にした瞬間、爽良の頭は真っ白になる。

飛び散った藁の切れ端が、たちまち風に攫《さら》われていった。

藁人形には、もはやなんの気配もない。

辺りは静まり返っていたけれど、空気は女の気配があったときよりもむしろ張り詰めていた。

「あの……」

「……ああ、この数珠にね、細い刃が仕込んであって。特注なんだけど」

「そうじゃ、なくて……」

「さっきの霊なら、消したよ」

ふいに凄《すご》みを帯びた声に、爽良は動揺する。

ただ、消したという響きがやけに不穏で、爽良はさらに質問を重ねた。

「消したっていうのは……、供養ってこと、ですか……？」

爽良自身、御堂にどんな答えを期待しているのかよくわからない。

ただ、明らかにいつもと違う様子に不安を覚え、聞かずにはいられなかった。

いっそ、いつものように適当に誤魔化してくれれば、それで気が済んでいたのかもしれない。

しかし、御堂に普段見せるような飄々《ひょうひょう》とした面影はなく、凍りついたような表情で手の中の藁人形を握った。

「まさか。言葉通りだよ。あんな面倒で危険な奴、わざわざ供養する価値ないし。だから消した」

「……………」

供養や除霊の違いがいまひとつわかっていない爽良でも、〝消す〟という手段に救いがないことは、その口調から想像できる。

なにも言えずに黙り込むと、辺りに御堂の溜《た》め息が響いた。

「わかんない？　魂そのものがなくなったってこと。ここに閉じ込めて、気配を小さく集めてから、消したの。俺の数珠はそのために作ったものだし」

淡々とした説明が怖ろしく、爽良は返事もできずに硬直する。

御堂はそれをさほど気にする様子もなく、数珠をポケットに仕舞い、スワローの頭をひと撫《な》でしてから爽良に視線を向けた。

「あのさ」

爽良の肩がビクッと揺れる。

御堂は藁人形をもう片方のポケットに突っ込むと、爽良の正面まで歩いた。――そして。

「自分なら、救えるとでも思った？」

そのたったひと言で、頭を思い切り殴られたかのような衝撃が走った。

御堂は爽良の反応を待たずに言葉を続ける。

「思ったんでしょ？　自分なら可哀想な霊たちの話を聞いてあげて、みんな救ってあげられる……みたいな舐《な》めたこと」

「…………」

「図星じゃん」

次々と向けられる切れ味の鋭い言葉が、爽良の心に容赦無く刺さった。

「あまり驕《おご》らない方がいいよ。それ、勘違いだから」

御堂はとどめのようなひと言を残し、爽良に背を向け立ち去って行く。

爽良は心の疼《うず》きに堪えることに精一杯で、しばらく身動きが取れなかった。

一人になってようやく浮かんできた感情は、――本当にその通りだという、どうしようもない絶望感。

恐怖も反省も言い訳も、考えるべきことはたくさんあるはずなのに、心はまるで真っ二つに切り裂かれた藁人形のようにバラバラで、まともに機能していない。

戻ろう、と。

爽良は空虚な心を持て余したまま、錆《さ》びついた機械を強引に動かすかのようにぎこちなく立ち上がり、足を踏み出す。

頬に触れる風も、地面の感触も、木々のざわめきも、すべてが別世界の出来事のように現実味がなかった。

爽良は東の通用口から中に入ると、庭履きを脱ぎ、自分の部屋に向かってしんとした廊下を歩く。

一歩進むごとに御堂の鋭い言葉が蘇《よみがえ》るけれど、今は駄目だと、考えるのも反省するのも受け入れるのもすべて明日だと、無理やり抑え込んだ。

そうしなければ、立っていられなくなりそうだった。

爽良は自分の心をなんとか誤魔化しながら、ようやく玄関ホールに続く廊下の角を曲がる。――そのとき。

ふいに玄関が開いたかと思うと、現れたのは、帰宅してきた礼央。

目が合った瞬間にまず頭を過ったのは、こんな状態で話をすれば、なにを口走るかわからないという焦りだった。

しかし、自然にやり過ごさなければならないというプレッシャーのせいで、「おかえり」のひと言すら出てこない。

ただただ顔を引き攣《つ》らせる爽良を見て、礼央が眉《まゆ》を顰《ひそ》めた。

「爽良？」

「………」

ただでさえ礼央は鋭く、こうしている間にもすぐに異変を察されてしまうとわかっているのに、一向に声が出ない。

もういっそ逃げてしまおうかと考えはじめたとき、礼央がいつになく雑な動作で靴を脱ぎ捨て、爽良の正面に迫った。

「どうした？」

荒い動きと真逆の穏やかな声が、ボロボロの心に染み渡っていく。

けれど、――さっき起きたことを知れば礼央もきっと呆《あき》れてしまうだろうと思うと、それを甘んじて受け入れることができなかった。

「……明日、話すから」

ようやく出た声は酷《ひど》く弱々しく、礼央が爽良の顔を覗《のぞ》き込む。

爽良は慌てて目を逸《そ》らし、首を横に振った。

「ごめん、今日は……」

「どうして？　今聞きたい」

「……無理」

「爽良」

「……お願い、今は本当に……」

「爽良、ちょっとこっち見――」

「――今、礼央にまで責められたら、……もう私、立ち直れな……」

最後まで言い終えないうちに、瞼《まぶた》に勢いよく涙が溜まった。

慌てて堪《こら》えると、鼻の奥がツンと熱を持つ。

礼央の戸惑いが、顔を見なくても伝わってきた。

困らせるつもりはなかったのにと、なにもかも上手《うま》くできない自分が情けなくて苦しい。

ひと言でも声を出せば涙が零《こぼ》れそうで、もういっそ部屋に逃げ帰ってしまおうと、爽良は戸に手をかけた――瞬間。

ふいに背後から腕を引き寄せられ、手から離れた戸がキィと音を立てた。

後頭部がすとんと礼央の胸に当たり、慣れ親しんだ香りに包まれる。

込み上げたはずの動揺が、背中に伝わる体温でスッと凪《な》いだ。

けれど、もう涙を止めることはできなかった。

たて続けに零れ落ちた大粒の涙が、床でパタパタと音を立てる。

同時に、礼央の腕が後ろからそっと回され、爽良の目を覆った。

「……ねえ」

静かな玄関ホールに響いたのは、驚く程穏やかな声。

爽良は嗚咽《おえつ》が漏れないよう必死に口を押さえる。

「泣きたいとき、どうしてたの。これまでずっと」

世間話でもしているかのような自然なトーンで投げられた問いは、あまり答えを期待しているように聞こえなかった。

けれど、その言葉に勝手に記憶が反応し、幼い頃のことが頭を巡る。

爽良は、泣くのをやめようと誓った日のことを、はっきりと覚えていた。

それは、怖いものが視えるとたびたび騒ぐ爽良に困り果てて泣く母の姿を、夜中にこっそり見てしまった日。

自分のせいで大切な人が苦しむ光景は、幼い心に大きな衝撃を残した。

視えることは誰にも言わない秘密にしようと、そして、もう泣くのも騒ぐのもやめようと、辛《つら》そうな母の姿を見ながら呆然《ぼうぜん》と立ち尽くしたときの気持ちは、とても忘れられない。

それ以来、爽良は泣くことをやめた。

ただ、無理に我慢したわけではなく、言わばスイッチが切れてしまったかのように、涙が込み上げる感覚を忘れてしまった。

つまり、爽良は「泣きたいとき、どうしてたの」という礼央の問いの答えを持ち合わせていない。

だからこそ、こうしてひたすら混乱し、まともに言葉も交わさずただ逃げようとする以外の方法を知らなかった。

涙の止め方はおろか、収拾がつかない気持ちの収め方も、息の仕方すらわからない。

「っ……」

指の隙間から小さく嗚咽が漏れ、礼央の手にわずかに力が籠《こも》った。

なにも答えられないくせに、礼央が黙ってしまうと、呆れているだろうか、困っているだろうかと不安が込み上げて止まらない。――しかし。

「どうして俺が爽良を責めるの」

ふいに、礼央がそう口にした。

思いもしなかった言葉に、爽良は瞳《ひとみ》を揺らす。

すると、礼央は爽良の髪をそっと撫《な》でながら、続きを口にした。

「俺は爽良の味方なのに」

さも当たり前のように言われたシンプルな言葉が、大昔に機能を失ったはずの涙腺《るいせん》をさらに刺激する。

「……でも、私」

「でもじゃない。相当やばいことしてたとしても俺は味方」

「なに言っ……」

「そっちがなに言ってんの、今更」

「…………」

「てか、キャラメルバナナカスタードパイ、食べる？」

「…………」

「食べる？」

かすかな笑い声が響くと同時に礼央の手が離れ、部屋の戸を開ける。

背中を押されて中に入ると、途端に膝《ひざ》の力が抜け、爽良は崩れるように床に座り込んだ。

礼央は爽良の正面にあぐらをかいて座ると、ぽんと頭を撫でる。そして。

「頑張ってると思うよ、爽良は」

ふいに、そう口にした。

その短い言葉に心がぎゅっと震え、抑え込んでいた気持ちが怒濤《どとう》の勢いで溢《あふ》れ出してくる。

「でも私は、頑張っても結局……」

嗚咽混じりの声が、弱々しく響いた。

相槌《あいづち》の代わりに、礼央がゆっくりと瞬《まばた》きをする。

「いつも、間違ってて。……勘違いして、思い上がって。……私、心の、どこかで……、庄之助さんみたいに、なれるんじゃないか、って」

言葉にすると、自分がしたことがよりみっともなく感じられた。

震える程に握りしめた拳《こぶし》を、礼央がそっと包み込む。——そして。

「それのどこが思い上がりなの」

こてんと首をかしげる礼央を見て、不思議と涙が引いた。

「なれるよ、庄之助さんみたいに。だって爽良のおじいちゃんじゃん」

その瞬間、深いところへひたすら沈み続けていた心がぴたりと止まる。

今の爽良にとって、御堂に突きつけられた言葉こそ真実だと、反論の余地なんてないとわかっていた。

けれど、今は礼央の優しさに縋《すが》らなければ立ち上がれない気がして、繋《つな》がる手をぎゅっと握り返す。

「……でも私、さっき、すごく無謀なことして」

込み上げるまま口にしたのは、あまりに深い傷と後悔。

少し触れただけで広がりそうなくらい重傷なそれを、爽良は心の一番深いところに沈め、長い時間をかけて受け入れるしかないと思っていた。

それは、耐え難い現実を乗り越えるために、爽良が自然に身に付けてきた処世術だった。

しかし、まるで礼央の柔らかい空気に誘い出されるかのように、触れたくないと思っていた後悔が言葉になって溢れ出してくる。

「礼央が、せっかく日誌を調べてくれたのに」

「うん？」

「あんな無茶したら、それも意味がなくなっちゃうって……、少し考えたらわかったはずなのに」

「爽良」

「本当に、……本当に私、さいあ——」

「ストップ」

自分を責める言葉は、言い終えないうちに遮られた。

思わず顔を上げると、礼央が小さく肩をすくめる。

「最悪なのはこっちだよ。仕事、もう一日早く終わらせてればよかった」

「え……？」

「久々に無謀な詰め込み方したんだけど、肝心なときにいないなんてほんと意味ない」

「無謀な詰め込み方、って……」

「でも、終わったから。明日からは爽良ばっかり無理しなくても、俺も紗枝ちゃんを捜せる」

礼央の言葉を聞きながら頭を過《よぎ》っていたのは、ここしばらくの礼央の忙しそうな様子。

途端に、すべては紗枝の捜索を手伝ってくれるためだったのだと察する。

「無理してたの……？」

「結構ね。だから俺、なおさら爽良を責められない」

爽良と礼央とでは無謀さのレベルが違いすぎるけれど、爽良の気持ちを軽くするための礼央なりの思いやりだと思うと、素直に受け入れられた。

爽良は泣いていたことも忘れ、礼央を見上げる。

「言ってくれれば……」

「お互い様」

「…………」

口を噤《つぐ》むと、礼央は爽良の目の前に甘い香りの漂う紙袋を差し出す。そして。

「今日はコレ食べて、なにも考えずに寝て」

そう言って、小さく笑った。

その表情を見ていると、ふと、とても手をつけられなかった絶望感が少し軽くなっていることに気付く。

礼央が言ったように、甘いものを食べて寝てしまえば、朝には前を向けそうな気すらした。

食欲はなかったけれど、爽良は紙袋を受け取り、真っ白な粉砂糖がかかったパイを取り出してひと口齧《かじ》る。

途端に甘さが全身を巡り、心がふっと緩んだ。

「……おいしい」

無意識に零《こぼ》れた涙を、礼央が指先で掬《すく》う。

「よかった」

「……不思議なんだけど、……なんだか、寝れそうな気がする」

「運ぼうか？」

「……歩けるよ」

爽良が寝室に移動してベッドに腰掛けると、礼央は当たり前のようにベッドを背もたれにして座り、携帯を取り出してブラウザを開く。

爽良が寝るまで付き添ってくれる気なのだろう。

礼央こそ早く戻って寝るべきなのにと思いながらも、せめて今日だけは礼央の気配が傍にあってほしいと心が望んでしまっていて、結局なにも言えなかった。

やがて、徐々に思考がぼんやりしはじめ、爽良はそれに抗《あらが》うことなく意識の底へと沈んでいく。

完全に途切れてしまう寸前、優しく髪を撫でられるような感触を覚えた。


翌日。

爽良は掃除を一段落させると庭に出て、庭木の剪定《せんてい》をする御堂の後ろ姿を見つけると、一度深呼吸をした。

朝から心の中で何度も繰り返しているのは、御堂への謝罪の言葉。

本当は起きてすぐに謝りたかったけれど、昨晩の御堂の表情を思い出すとつい怯《ひる》んでしまい、なかなか決心がつかなかった。

躊躇《ためら》っている間にも、植木はみるみる美しく刈り込まれていく。

いつもと変わらないその姿が、今日はなんだか遠く見えた。

御堂は飄々《ひょうひょう》としていて適当に見えるけれど、実はとても気遣い屋であり、器用でなんでもできる優しい男だ。

そんな御堂をあんなにも怒らせてしまったなんて、思い出しただけで胸が苦しくなった。

もちろん、謝ったところで突き放されてしまう可能性もあると覚悟している。

だとしても、せめて謝罪だけは聞いてもらおうと、爽良は最悪の事態も想定しながらゆっくりと御堂に近寄った。

絞り出すように声をかけると、御堂の手が止まる。

心臓は爆発しそうな勢いで鼓動を鳴らし、つい拳に力が入った。――そして。

「ごめんなさ――」

「ごめん」

爽良が言い終えるより先に響いたのは、御堂からの謝罪。

その瞬間、爽良が考えていた台本は真っ白になった。

御堂はゆっくりと振り返って、ばつが悪そうに俯《うつむ》く。

「言いすぎた。……反省してる。ごめんね」

「…………」

「爽良ちゃん……？」

つい呆然《ぼうぜん》としてしまった爽良は、名を呼ばれて途端に我に返り、慌てて首を横に振った。

「……ど、どうして御堂さんが……！」

考えられる限りのシミュレーションをしてきたつもりだったけれど、御堂から謝られるなんてまったくの想定外で、爽良は戸惑う。

ただ、もちろん悪い誤算ではなかった。

極限まで張り詰めていた緊張がふっと緩み、爽良はひとまず胸を撫《な》で下ろす。――しかし。

「俺、善人の気持ちがよくわかんないからさ」

御堂が呟《つぶや》いたその言葉で、爽良はふと冷静になった。

「善人……」

なんだか、分厚い壁を作られたような感じがした。

心がざわざわして、爽良は返すべき言葉を見失う。

一方、御堂の表情はいつも通りで、Tシャツの裾《すそ》で汗を拭《ぬぐ》いながらふたたび剪定鋏《ばさみ》を動かした。

「うん。自己犠牲の精神みたいなやつとか」

「自己犠牲、ですか」

「昨日だって、紗枝ちゃんを捜す中で、たまたま遭遇した関係ない霊に同情した結果でしょ？」

「…………」

「なんの得もないじゃん。命懸けの割に」

やはり御堂はまだ苛立《いらだ》っているのだと、爽良は察した。

もちろん、すべては爽良の誤った判断のせいであり、巻き込まれた御堂にしてみれば当然だと自覚している。――けれど。

御堂の口調はどこか空虚で、聞いているうちに、心の中に言い知れない不安が募った。

「もちろん庄之助さんが大切にしていたものを守ろうって思う気持ちはわかるし、俺も背中押しちゃったから責任は感じてるんだけどさ。ただ、庄之助さんの悪癖まで引き継ぐ必要ないし」

「悪癖……」

「そう、悪癖。……懲りたんでしょ？　ああいうのはもうやめた方がいいよ、無駄死になるから」

その瞬間、──唐突に、薄々感じていた予感が確信に変わった。

御堂と、爽良や庄之助との間にある本質的な違いは、自分が認識していたよりもはるかに相容《あいい》れないものなのだと。

おそらく、悪癖なんて言いながらも御堂と庄之助の関係が成立していた理由は、庄之助の能力が高かったからに他ならない。

そして、御堂は爽良が思っていた何倍も、霊に同情するという行為を忌み嫌っているのだと。

御堂がいつも明るく振る舞っているからわからなかったけれど、そう考えると、すべてがしっくりきた。

もしかすると御堂は、ここ数ヶ月間というもの、苛立つ相手が大切な人の孫であるという葛藤《かっとう》と闘っていたのかもしれないと爽良は思う。

それも、昨晩の出来事を機に抑えられなくなってしまったのだろう。

その推測に爽良は少なからずショックを受けたけれど、ある意味納得もしていた。

そして、苦しい思いをさせていたことを、心から申し訳なく思った。突然現れたなにもできない善人の存在は、さぞかし面倒臭かっただろうと。

しかし。

「……爽良ちゃん？　聞いてる？」

「御堂さん……」

「うん？」

この人が正しくて、自分は間違っている。

自分は無力であり、霊を助けたいなんて烏滸《おこ》がましい。

それは重々承知だが、爽良には首を縦に振ることができなかった。

「夜のこと、心から反省してます。……助けてくれて、本当にありがとうございました。——でも」

ふいに、御堂の手が止まる。

「……それでも私は、紗枝ちゃんを取り戻します」

はっきりと言い切った瞬間、御堂はなんとも言えない表情を浮かべた。

それは、怒っているようでも、悲しんでいるようでもあった。

「……全然懲りないじゃん」

御堂はあくまでいつも通りの口調でそう答え、なにごともなかったかのようにふたたび手を動かす。

その態度により厚い壁を感じながらも、今の爽良には、それをただ受け入れることしかできなかった。

第二章

それなりに覚悟をしていたものの、悦子の件以降も御堂の態度はとくに変わらなかった。

むしろ、簪《かんざし》に残る悦子の念を「もう変な奴に利用されないように」と言いながら実家の寺で供養してくれた。

ただ、平常通りなのは厚みを増した壁のお陰だとわかっていたぶん、爽良にとっては少し寂しくもあった。

一方、礼央はといえば、爽良が目の前で派手に泣いてしまって以来、過保護の度がわかりやすく増した。

あからさまに様子を窺《うかが》ってくるようなことはしないけれど、一緒に過ごす時間は明らかに増えたし、たびたび〝効率のよさ〟を基準に選んだ甘いお菓子を買ってきてくれるようになった。

そして、紗枝に関する情報収集に、かなり本腰を入れてくれている。

礼央はニュースのチェックだけでなく、例の心霊マニアの先輩が運営しているという心霊現象情報サイトにも目を通し、少しでも紗枝の関わりが疑われる案件があれば投稿者とコンタクトを取って徹底的に情報を追い、都度報告をくれた。

しかし、そこまでしてくれてもなお、相変わらずこれといった情報に出合うことはなかった。

そして、ただただ時間ばかりが流れていく苦しい日々が二週間程続いた、ある日のこと。

突如、状況が動いた。

仕事を終えた夕方、爽良がウッドデッキでぼんやりしていると、ふいに礼央が顔を出し、もはや習慣のように甘い香りが漂う紙袋を目の前に差し出した。

「今日も買ってきてくれたの……？」

「コンビニに行ったついで」

「ついでって言うけど……」

紙袋に書かれているのは、最寄りのコンビニよりもずっと先にある、有名なたい焼き屋の店名。

ついでと言うにはさすがに無理があると思いながら、聞いたところで流されてしまうことにすっかり慣れている爽良は、結局なにも言わずにそれを受け取った。

中を覗《のぞ》くと、王道のあずきの他、小さなたい焼きがいくつも袋詰めされた変わり種も入っていて、思わず気持ちが和む。

「可愛い……、ありがとう」

「小さいやつ焼いてるところ、なんか可愛かったよ」

「こんな小さな焼き型があるんだね。……でも、そろそろ運動しなきゃさすがに太りそう……」

「爽良ってそんなこと気にするの？」

「……私だって、世間的には一応年頃の女性だし」

「世間的とか一応とか、枕詞《まくらことば》多すぎ」

「付けなきゃ、忘れられてるかもって」

ただのたわいのないやり取りのつもりだったけれど、礼央が思いの外真顔になったせいで、爽良は戸惑う。

けれど、礼央はすぐに表情を戻し、紙袋から小さなたい焼きをひとつ手に取った。

「なら、俺も一個食べる」

「一個だけ？」

「そんなに何個も甘いもの食べられないし」

「…………」

紙袋いっぱいのたい焼きを抱えて途方に暮れたものの、すべては散々心配をかけた自分に原因があるともちろん自覚している。

実際、少し前の爽良はほとんどなにも食べられなかったし、思い返してみれば酷《ひど》い顔色だった。

それが、今や礼央のお陰でずいぶん回復している。

もちろん爽良自身、体調管理まで礼央任せになっている現状を決して良しとしているわけではない。

けれど、自己嫌悪でどうにかなってしまいそうだったあの夜、傍にいてくれた礼央の存在はあまりに大きく、あの瞬間から礼央を頼ることへの呵責《かしゃく》が少し緩んでしまったことは、否定しようのない事実だった。

「次は私がなにか買ってくるね。お礼に」

「いいよ、ついでだって言ったじゃん」

礼央はたい焼きの頭を齧《かじ》りながら、首を横に振る。わずかに眉間《みけん》に皺《しわ》を寄せたところを見ると、中身が相当に甘かったらしい。

効率を重視して選んだというお菓子は、礼央にとってはやや過剰だったのだろう。

そのとき、ふと小さな疑問が浮かぶ。

「……ねえ、そういえば、礼央ってなにが好きなの？」

考えてみれば、礼央の食に関する嗜好《しこう》は謎だった。

家が隣同士で互いの親たちにも付き合いがあったため、一緒に食事したことなら何度もあるのに、改めて思い出そうとしても礼央の好物が思い当たらない。

そもそも感情をあまり表に出さない性質もあってか、なにかを食べて特別感動している様子も、逆に嫌がっている様子も見たことがなかった。

するると、礼央はたいして悩みもせずに首を横に振る。

「あまり考えたことない」

ある意味、礼央らしい答えだった。

確かに、礼央の食事シーンとしてもっとも馴染《なじ》み深いのは、ベランダでパソコンを開いたまま、ゼリー飲料や携帯食のような味気ないものを齧っている姿。

おそらく、毎日同じものを食べ続けていてもなんの支障もない程度に食に執着のないタイプなのだろう。

となると、礼央が好きそうなものを買ってこようという思いつきは思った以上に難題で、爽良は小さくため息をついた。――しかし。

「中がカスカスのドーナツは、もう一回食べたいかも」

唐突に礼央がそう口にし、爽良は首をかしげる。

「中がカスカス……？」

「そう。周りが固くて中がカスカスで、喉《のど》が渇くやつ。大昔に食べたんだけど、妙に記憶に残ってて」

「……そう、なんだ。手作り？」

「どうだろ。……いや、さすがに売り物ってことはないか。見た目も結構すごかったし」

ほんの一瞬、礼央が懐かしむように目を細めた。

きっと、なんらかの思い出が詰まった食べ物なのだろうと爽良は思う。

叶《かな》うなら用意してあげたいけれど、大昔のおぼろげな記憶となると、さすがに現実的ではなかった。

「とにかく、爽良はなにも考えずに食べて」

礼央はまるで爽良の考えを見透かしているかのようにそう言い、たい焼きの尻尾《しっぽ》を口に放り込む。

そして、突如パソコンを開き、心霊現象情報サイトにアクセスした。

礼央は今日も紗枝の情報収集を進めてくれるらしい。

横からディスプレイを覗き込むと、礼央は早速ひとつのスレッドを開く。――そして。

「……お、増えてる」

そう呟《つぶや》き姿勢を正した。

「増えてるって……？」

「うん。専用スレッドを立てた方が最新情報が集まるかと思って、昨晩立てた」

見れば、スレッドのタイトル欄には、「東京近郊で不審火増加の考察」とある。総投稿数はすでに四百を超え、昨晩立てたにしてはずいぶんな盛況だった。

「考察？」

「そう。ダイレクトに教えてほしいって書くと冷やかしやら嘘ばっかりが集まりそうだから、あえて考察。不審火は特別増えてもないんだけど、こう書くと不安が煽《あお》られて、記事にならないような小さな情報も出てくるかもって思って」

「なるほど、すごい……。それで、もう四百も集まってるんだ……」

「四百っていってもマトモな投稿はほぼないよ。今朝の時点で三百弱あったやつは全部チェックしたけど、煽ってる人ばっかり」

その言葉通り、礼央がスクロールしていく投稿画面を目で追っても、それらしき情報は目に留まらなかった。

いわゆる匿名掲示板にありがちな意味のない投稿が延々と続き、無意味にスレッドを伸ばしている。

「いくら心霊現象に敏感な人たちが集う場所とはいえ、昨日の今日じゃさすがに厳しいか」

「でも、これだけ注目されてるなら、そのうち情報が来そう……」

「だといいけど。とりあえず、今のところはないみた……あれ？」

ふいに礼央がスクロールする手を止め、爽良もディスプレイに注目した。

すると、そこに表示されていたのは、これまでとは毛色の違う長文。しかも、その文中に「二度の不審火」という文字列を見付け、爽良は目を見開いた。

「礼央、これ……」

「〝一昨日、近所の空き家で二度目の不審火が起きたらしい。まだ乾燥するような季節じゃないし、火の気のない空き家でしかも二度ってやばくね？〟……だって。確かに怪しいね」

礼央は内容の一部を読み上げ、眉根《まゆね》を寄せる。爽良は携帯で即座にニュースサイトを開いた。

「このスレッド、関東近郊に絞ってるんだよね……？　一昨日にそんな新着は来てないけど……」

「もちろん注目を浴びたい目的で捏造《ねつぞう》した可能性もあるけど、それにしては内容が地味だし、現に誰も反応してないから変だね」

「じゃあ、信憑性《しんぴょうせい》が高いってこと……？」

「まだそこまでは。とりあえず、本人に聞いてみる」

礼央は言い終えないうちに、その投稿にアンカーを付けて「それどこ？」と質問を投げかける。

爽良が固唾《かたず》を呑《の》んで返信を待っていると、礼央が小さく笑った。

「そんなに早く返事こないよ。三時間くらい前の投稿だし、よっぽど心霊オタクでも、こんな昼間っから常駐しないだろうから」

確かにその通りだと納得した途端、知らず知らずのうちに強張《こわば》っていた体からどっと力が抜ける。

「返信が来たらすぐ言うよ」

「……ありがとう」

礼央に感謝しながら、爽良はすぐに周りが見えなくなってしまう自分に少しうんざりしていた。

つい最近、それが災いしたばかりなのにと。

ただ、自分自身の中に、我を忘れてしまう程の熱い面があったことには正直驚きもある。

しかも、熱くなってしまうときの原因はすべて、これまで忌み嫌っていたはずの霊を助けたいという気持ちなのだから、なおさらだった。

どうやら、霊と向き合おうと思ってからのたった数ヶ月が、先入観を持ち続けた二十年程の積み重ねをあっさりとひっくり返すこともあるらしい。

人の心とは不思議だと、爽良はまるで他人事《ひとごと》のようにそう思った。

礼央から報告があったのは、その日の夜。

礼央は爽良の部屋でパソコンを開くと、早速例のスレッドを開いた。

結果から言えば、返信はあった。しかも、かなり明確に。

書かれていたのは「代官山」というひと言。

それを目にした瞬間、爽良の心臓がドクンと大きく鼓動した。

「代官山って……」

「やけに近いね」

「…………」

返事をする余裕もないくらい、心がざわめいていた。

もし、――万が一、この不審火が紗枝の仕業だったなら、やたらと慎重な依にかぎって、売り渡した霊の行き場を把握していないとは考え難い。

代官山だと、つまり鳳銘館の近くだと知った上であえて紗枝をあてがったのではと思うと、悪意めいたものを感じて背筋がゾクッと冷える。

馬鹿にされているというよりは、むしろ面白がられているようなその采配《さいはい》は、不快というよりもただただ不気味だった。

「爽良？」

ふいに名を呼ばれ、爽良は慌てて首を横に振る。

そして、まだ紗枝の仕業かどうかも、投稿の真否すらもわかっていないのだからと自分を落ち着かせた。

「これって、代官山のどこなんだろう……」

「代官山っていっても広いから、この人にもう一回聞いてみるよ。返事がなかったときは、近隣の人にそれとなく聞いてみるって手もあるし」

「そう、だよね」

「大丈夫、見付かる」

「……うん」

頷《うなず》いたものの、爽良の心の中は複雑だった。

不審火の原因が紗枝であってほしいような、違っていてほしいような。

そんな自分に戸惑いながらも、爽良はなんとか冷静さを保って椅子から立つ。

「そろそろ仕事に戻るね。……礼央、ありがとう」

そして、かすかに首をかしげる礼央に手を振り、その場を後にした。


「……多分、ここだ」

「確かに、空き家だね……」

その後、不審火の投稿者からおおよその場所を聞くことができた。

そして、「門扉がビニールロープで閉鎖された青い瓦《かわら》屋根の空き家」というヒントを頼りに早速捜してみたところ、さほど苦労することなく該当の家を見つけ出すことができ、今に至る。

家自体はずいぶん長い間放置されている雰囲気だったけれど、門柱に仕掛けられた真新しい小型の防犯カメラがやけにアンバランスで、いかにも不審火の現場であるという不穏さを演出していた。

「礼央、気配感じる……？」

「いや、今のところは。爽良は？」

「私も、全然……」

「もっと近寄ってみたいけど、この状況じゃ無理だね」

礼央の言葉に爽良は頷く。下手に近寄ってカメラに映り込みでもしようものなら、それこそ不審火の容疑者にされかねない。

そもそも、ここは閑静な住宅街の一角。気配を探るどころか、これ以上長居するのもあまりよくないだろうと、爽良たちは早々に空き家を後にした。

「不審火の現場って、考えてみたら厄介だね。近隣の住民もかなり警戒してるだろうから」

鳳銘館に向かって歩きながら呟《つぶや》いた礼央の言葉に、爽良は肩を落とす。

せっかく紗枝がいる可能性のある家を見付けたというのに、気配すら探れないという現状はあまりにもどかしかった。

「次はロンディを連れて来よう。散歩を装えば不自然じゃないし、ロンディも紗枝ちゃんの気配には敏感だろうから」

「うん。……でも、もしあの家で紗枝ちゃんを見付けたとしても、どうやって連れて帰ればいいんだろう……。家の中から藁《わら》人形を見付けて持って帰るってこと……？」

「どうだろ。藁人形の封印っていうのがどういう仕組みなのかは知らないけど、すでに火を起こしてるってことは藁人形からは出られてるんじゃない？……いや、だとしたら鳳銘館は近いし自分で戻ってくるか」

確かに、もし藁人形から解放されているのなら、紗枝がさっき爽良の気配に気付いていてもおかしくない。

「だったら……、考えられるのは、そもそもあそこに紗枝ちゃんがいないか、離れられない仕組みがあるか、……それか、もう我を忘れちゃってるか……」

「いてくれさえすれば、なんとかなりそうなのにね。爽良が声をかければ、耳を貸してくれるかもしれないし」

「……でも、下手に呼びかけて意図せず感情を煽《あお》ってしまったら……、そのせいで、また不審火騒ぎになるかもしれないし……」

「確かに。かなり慎重にやらないと取り返しがつかないことになるかも」

紗枝が持つ力を、爽良は身をもって知っている。

一方、出会った頃のことを思い返す中で推測できるのは、紗枝は決して自らの意志で火を自由に操っているわけではないということ。

発火が起こるタイミングは、おそらく、紗枝自身が亡くなったときに体験した、家ごと焼き尽くした業火の記憶を思い出し、悲しみに呑《の》まれたとき。

つまり、もし空き家の不審火が紗枝によるものなら、すでに二度も悲しみや寂しさに呑まれた辛《つら》い瞬間があったということだ。

「……かわいそうに」

思わずそう零《こぼ》した爽良に、礼央が視線を向ける。そして。

「それにしても、藁人形ってほんと謎。スッと回収できるって意味ではまあ便利だけど、どうなってるんだろう、あれ」

ふいに、そう呟いた。

「……そう、だね」

頷きながら、爽良の頭を巡っていたのは例の夜のこと。

御堂は、禍々《まがまが》しい気配を放つ女の霊をあっさりと藁人形に閉じ込め、躊躇《ためら》いもなくそれを真っ二つにちぎった。

あのときの光景は、今も脳裏に焼き付いている。

正直思い出すのも恐ろしいけれど、ただ、あのとき、爽良は藁人形の利用方法の幅広さを知った。

たとえ紗枝が藁人形から解放されていたと仮定し、完全に我を忘れていたとしても、藁人形を使えばひとまず連れ帰ることはできるだろう。

とはいえ、そのためには当然ながら御堂の協力が必要となる。

「爽良、通り過ぎるよ」

ついつい考え込んでいた爽良は、礼央から腕を引かれて我に返った。顔を上げるとすでに鳳銘館の正面で、慌てて方向を変える。

「ごめん、ぼーっとしてて……」

謝ると、礼央は心配そうな表情を浮かべた。

こんな調子ではまた礼央に迷惑をかけてしまうと、爽良は笑って誤魔化し足早に玄関へ向かう。

そして、方法については落ち着いて考えようと、その前に紗枝の気配の有無を探るのが先だと、無理やり気持ちを切り替えた――ものの。

東側の庭から絶妙なタイミングで現れたのは、脚立を抱えた御堂。

「おかえり……？」

「あ……、ただいま帰りました……」

つい過剰に反応してしまった爽良に、御堂は小さく首をかしげた。

「ずいぶん神妙な顔してるけど、なんか困りごと？」

「えっと……」

ストレートに尋ねられて一瞬迷ったものの、察しのいい御堂に誤魔化しは無意味な気がして、爽良は結局口を開く。

「実は、この近くに紗枝ちゃんがいるかもしれない空き家を見付けまして……」

紗枝を捜すという意志はすでにはっきり宣言しているものの、口にするのは少し躊躇われ、つい語尾が小さくなる。

一方、御堂はたいして気に留める様子もなく、へぇと小さく呟いた。

「この近くって、代官山ってこと？……依の性格の悪さが出てるね」

「で、でも、まだ確定したわけじゃないので……」

「そっか」

二人の間に、微妙な空気が流れる。

普通にしようと思えば思う程、余計に目が泳いでしまう自分の不器用さに爽良は心からうんざりしていた。

すると、そのとき。

「ちなみに、御堂さんの藁人形って紗枝ちゃんを安全に運べるの？」

ふいに、礼央がそう尋ねる。

「安全にって周囲がってこと？　そりゃまぁできるよ。封印ってそういうもんだし」

「じゃあ、もし確定したときは協力してくれたりする？」

「それは全然問題ないよ。元々うちにいた霊が他所《よそ》で迷惑かけてるわけだし」

「……だって、爽良」

急に二人から視線を向けられ、爽良は思わず動揺する。すると、礼央がかすかに眉《まゆ》を顰《ひそ》めた。

それは無理もなく、御堂への態度が不自然になってしまう理由の詳細を、礼央には結局話せていない。

自分のせいで御堂に迷惑をかけたことや酷《ひど》く怒られたことは伝えたものの、御堂が霊を強引に消してしまったことや、その後に二人の間で交わした会話については、まだ心の整理ができないでいる。

黙り込む爽良に、御堂がふいに小さく笑った。

「ま……、周囲は確実に安全だけど、中身は俺次第だから爽良ちゃんは心配だよね」

「……そういう、意味では」

かろうじて返事をしたものの、心中穏やかではなかった。

御堂が無害な紗枝を消すかもしれないなんてさすがに思わないけれど、霊を圧倒的に凌駕《りょうが》する御堂の力を目の当たりにして以来、爽良はただただ怖い。

そして、このやりとりを聞いた礼央がなにも察さないわけがなく、礼央はふいに爽良の腕を引くと、玄関に向かいながら御堂に軽く手を上げた。

「とりあえず、確定したらまた相談します」

「ん、了解」

その場を後にして玄関を上がると、礼央は爽良の腕を引いたまま西側の廊下を進み、談話室に誰もいないことを確認すると、爽良をソファに座らせる。そして。

「かき氷、作らない？」

唐突に、そう口にした。

さっきの態度のことを聞かれるのだとばかり思っていた爽良は、ポカンと礼央を見上げる。

「かき氷……？」

「うん。この間カウンターの棚を漁《あさ》ってたら古いかき氷機を見付けたから、そのうち使おうと思って氷も準備してる」

「かき氷嫌い?」

「知らなかった……」

「もう秋だけど、まだ暑いし。かき氷嫌い?」

「……好き、だけど」

「じゃあ決まり」

礼央はカウンターに向かい、棚から古ぼけたかき氷機を取り出すと、爽良を手招きする。

爽良は戸惑いながらもその横に立ち、手際よく氷を用意する礼央の手元を呆然《ぼうぜん》と見つめた。

大きなレバーを回すと、かき氷機は激しい音を立て、器の中にみるみる氷の山を作っていく。

ここ数年の流行とは真逆の粗めの氷がなんだか懐かしく、つい夢中になって見つめる爽良に、礼央は小さく笑い声を零した。

その瞬間、張り詰めていた気持ちがふわりと緩む。——そして。

「……私、御堂さんのことが、少し怖くなってしまって」

言えないと、言うべきでないと思っていた言葉が、不思議なくらいにスルリと口から零れた。

礼央は黙って頷《うなず》き、続きを促す。

「怖いっていっても、怒られたからじゃなくて。……すごく感謝してるし頼りにもしてるし、私なんかをすんなり受け入れてくれて、器の大きい人だって思ってるし、それに──」

「いいよそんな前置き。だいたいわかってるから」

「……うん。……ただ、霊のことをすごく憎んでるんだなって、ときどきすごく強く感じるときがあって。……お母さんのことがあるから、当然だってわかってはいるんだけど……」

「憑《つ》かれて亡くなったって話？」

「そう。……だから、なにもできない私が霊に同情するのが、見ていられないんだろうなって。そう思うと、どう接していいかわからなくなってしまって……」

口に出すと、不思議と頭の中が少し整理された気がした。

礼央はあらかじめ準備してくれていたらしい赤いシロップをかき氷にかけ、爽良に差し出す。

「別に考えなくていいと思う、そんなの」

「でも」

「ここは爽良が自分で選んだ居場所なんだから、思うように動けばいいよ。そもそも考え方なんてみんな違うんだし、いちいち気にして遠慮してたらここに来る前と変わんないでしょ」

「でも、そうするとすぐに周りが見えなくなるし、礼央にも面倒かけてばっかりだし…

……」

「俺は俺で全部自分で選んでるんだから、別に爽良が気にすることじゃない」

「……礼央は私に甘すぎる」

溜《た》め息をつくと、礼央は爽良のかき氷に、冷蔵庫から取り出したシロップ漬けのさくらんぼを載せた。

あまりに用意周到で、爽良は思わず笑う。

この居心地のよさを手放せなくなってしまったらどうするのだろうと不安を抱きながらも、爽良はそれ以上なにも言わずにかき氷を口に運んだ。

粒の残る粗めの氷が、どこか落ち着かなかった爽良の気持ちをゆっくりと冷静にさせた。


不思議な夢を見たのは、その日の夜のこと。

目の前に広がるグレーがかった景色にこれは予知夢だと察し、同時に激しい緊張を覚えた。

なぜなら、これまで見てきた予知夢のほとんどが不幸な内容であり、それらはほぼ確実に現実となってきたからだ。

どうかこのまま何事もなく目覚めさせてほしいと願い、爽良は現実逃避のつもりで固く目を閉じる。

しかし、そのときふいに、遠くから小さな泣き声が響いた。

なんだか聞き覚えのあるその声に、たちまち嫌な予感が過《よぎ》る。おそるおそる目を開けると、いつの間にか、正面に昼間訪ねた空き家があった。

予知夢に登場するということは、この空き家には必ずなにかがある。

鼓動がみるみる速くなり、それに呼応するかのように、泣き声が徐々に大きくなっていった。

これは、紗枝の声ではないだろうか、と。

直感するやいなや、体が勝手に動きはじめる。

爽良は現実では閉鎖されていた門を通り抜けて庭に入ると、窓から家の中を覗《のぞ》き込んだ。

そこから見えたのは、ガランとした和室。そして、中央にぽつんと佇《たたず》む、水色のワンピースの少女。

――紗枝ちゃん……！

思わず名を叫んだものの、予知夢に干渉できないことはこれまでの経験上わかっている。

それでもどうしても気持ちが抑えられず、爽良は両手で窓を叩《たた》きながら、繰り返し紗枝の名を叫んだ。

しかし、紗枝が纏《まと》う空気は次第に暗く重く変わっていった。

やがて、紗枝のワンピースがチリチリと燻《くすぶ》りはじめ、それを合図にするかのように、部屋のあちこちから小さな炎が上がり、次々と畳や壁に燃え移っていく。

――お願い……、やめて……。

悲痛な訴えもむなしく炎はみるみる勢いを増し、やがて、紗枝の小さな体も燃え盛る炎に包まれた。

辺りに響き渡る泣き声が、容赦なく胸を抉《えぐ》る。

――紗枝ちゃん……！

もう一度名を呼んだ瞬間、炎が一気に膨張し、目の前の窓ガラスが勢いよく弾《はじ》け飛んだ。

途端に窓枠から大きな火柱が上がり、空き家は一気に炎に飲み込まれていく。

同時に、爽良の視界は真っ白になった。

自分の悲鳴で目を覚ましたのは、初めてだった。

なかなか混乱が収まらず、爽良は震える体を両腕で摩《さす》りながらゆっくりと呼吸を繰り返す。

響き渡る泣き声や、炎に包まれる紗枝の姿が、今も脳裏に鮮明に焼き付いていた。

ただ、そんな悲惨な夢の中にも、ひとつだけ有益な情報があった。それは、予知夢によって確定となった、あの空き家に紗枝がいるという事実。

今すぐに連れ戻しに行きたい衝動に駆られたけれど、動揺を残した体は上手《うま》く動かず、立ち上がった瞬間に床に崩れ落ちた。

そのとき、ふいに性急なノックが響く。

顔を上げると、返事を待つことなく戸が開き、礼央が顔を出した。

礼央は爽良に駆け寄ると、体を支える。

「どうした？」

「夢で、紗枝ちゃんが……」

「夢？」

「夢は夢なんだけど……、いつも、数日後に……」

言いかけたものの、語尾はつい曖昧《あいまい》になる。

考えてみれば、礼央にはまだ予知夢の話をしたことがなかった。

鳳銘館に来て以来見ていなかったことも理由のひとつだが、普通に考えれば極めて荒《こう》唐《とう》無《む》稽《けい》な話を信じてほしいなんて、簡単に言えることではなかった。

しかし、礼央はとくに表情を変えることなく、爽良をまっすぐに見つめる。

「数日後になに？　まさか同じことが起こるの？」

「あの……、信じられないかもしれないけど……」

「いいから、その夢の内容教えて」

礼央に疑っているような素振りはまったくなかった。

そんなにあっさり受け入れられるものだろうかと、爽良は逆に戸惑いながら口を開く。

「紗枝ちゃんが、あの空き家で泣いていて……、だんだん炎に包まれて、あっという間に家ごと……」

「燃えたの？　あの空き家で間違いない？」

「……うん」

「数日中か。……急がないと」

礼央はひとり言のようにそう呟《つぶや》き、黙って考え込む。

予知夢の真否には触れないまま、もうすでに、他人の家の中からどうやって紗枝を連れ出すかを考えはじめているのだろう。

呆然《ぼうぜん》とする爽良を他所《よそ》に、礼央はポケットから携帯を取り出し、唐突にどこかに電話をかけはじめる。

「すみません、朝早くに。実は相談があって。……いえ、コーディングの話じゃなくて、不動産関連の話です。……いや、詳しいかなって」

通話相手の声は聞こえないけれど、礼央が話す内容から、爽良はなんとなく察していた。

おそらく、空き家の情報を得た心霊現象情報サイトの管理者であり、かつてはフリーエンジニアとして最高峰と謳《うた》われながらも突然いち不動産会社に転職した、礼央の大学時代の先輩だろうと。

どうやら礼央は、その先輩に例の空き家のことを尋ねているらしい。

ただ、爽良には礼央の狙いがよくわからず、黙って電話が終わるのを待った。

しかし。

「……とりあえず、詳細は後でメールするので確認してください。……いや、その話は結果が出てから改めてします。……だから、それが終わってからって何度も……」

会話はなかなか終わらず、礼央の声色が次第に面倒臭そうに変わっていく。

一方、携帯からは先輩の楽しそうな笑い声が漏れ聞こえた。

いつも冷静な礼央がここまで態度に出すなんて滅多になく、礼央の先輩に対して勝手に持っていたイメージが、さらに謎を深める。

やがて、ようやく通話を終えた礼央は、携帯の地図アプリを開いて空き家の位置を拡大した。

「あの、礼央……、なにを……」

「うん。とりあえず、空き家のことを調べようと思って。所有者はもちろん、現在の状況も含めてできるだけ詳細を。自分で法務局に行けばある程度は調べられるんだけど、手間がかかるし大手の不動産会社ならあらかじめ情報を持ってる可能性があるし」

「それで、例の先輩に？」

「……お陰で若干面倒なことになりそうだけど、今はスピード重視だし、背に腹は替えられないから」

「っていうか、先輩ってエンジニアとして働いてるんだよね？　そんな情報も見られるの……？」

「多分。あまり大きな声じゃ言えないけど、趣味のためにいろいろと好き勝手やってるみたい」

〝いろいろと好き勝手〟が具体的にどんなことを指すのかはわからないが、つまり、内部の情報には広い範囲でアクセスできるということなのだろう。

その情報を趣味にどう使うのかはわからないけれど、不動産会社が抱える膨大な物件情報の中には、心霊マニアが唸《うな》るようなものも存在するのかもしれないと爽良はふと思う。

その瞬間、礼央の先輩が突然不動産会社に就職した理由が、なんとなく理解できたような気がした。

「爽良、どうかした？　大丈夫？」

「ご、ごめん、少しぼんやりしてた」

「それならいいけど。……とりあえず、所有者さえわかれば中を見せてもらう交渉ができるかもしれないし、結果が出るまで少し待てる？」

その宥《なだ》めるような言い方に、礼央はおそらく爽良の暴走を危惧《きぐ》しているのだろうと察した。

「だ、大丈夫だよ、無謀なことなんて考えてないから……」

慌てて否定すると、礼央は首を横に振る。

「そうじゃないよ。……きついだろうなって思って。ただでさえいろいろ視えて大変なのに、夢すら油断できないなんて」

「礼央……」

「少々無茶してでもなんとかしたくなる心理、わかる気がする」

ふいに、胸がぎゅっと締め付けられた。

自分はただ不器用なだけだと、同じ境遇でも他の人ならもっと上手くやれるのだろうとわかっていたけれど、それでも、なかなか理解されなかった辛《つら》さや孤独を汲《く》んでもらえたことは、素直に嬉《うれ》しかった。

「私は大丈夫だよ。だって今は――」

頭に浮かんだ言葉は、なんだか恥ずかしくて口に出すことができなかった。

礼央はとくに続きを待つことなく、ふと時計を見て立ち上がる。

「じゃあ一旦《いったん》戻るね。先輩はめちゃくちゃな人だけど、仕事は恐ろしく速いから、連絡あったらすぐに言うよ」

「ありがとう……」

お礼を言うと、礼央は軽く手を上げ、爽良の部屋を後にする。

今さらだけれど、礼央はTシャツにスウェット姿と明らかに部屋着だった。おそらく、爽良の悲鳴で目を覚まし、すぐに駆けつけてくれたのだろう。

悪いことをしてしまったと思いながらも、礼央のお陰で気持ちはすっかり落ち着き、やるべきことも明確になった。

そして、もどかしかった状況が、ようやく先に進みそうな予感がしていた。

先輩から返事があったのは、その日の夕方のこと。

庭でロンディの遊び相手をしていると、ふいに礼央の部屋の窓が開いて名を呼ばれ、心臓がドキッと跳ねた。

駆け寄ると、礼央は「あっちで話そう」と言いながら、ウッドデッキの方を指差す。

爽良はやる気持ちを抑えて頷《うなず》き、すぐに西側の庭へ向かった。

ソワソワしながら待っていると、すぐに礼央がパソコンを抱えてやってきて、隣の椅子に座る。そして。

「あの空き家、過去に一家心中があったいわくつきの家なんだって」

開口一番、衝撃的なひと言を口にした。

「え……？」

「旦那《だんな》さんが妻と子供を絞殺して、その後首を吊《つ》って自殺したとか」

「…………」

絶句する爽良を他所に、礼央は淡々と続きを口にする。

「で、ずいぶん前から売りに出されてるんだけど、事件が事件だから買い手がつかなくて、今に至る。ってことらしい」

「そんな家に、どうして紗枝ちゃんが……」

霊をわざわざ仕込む理由なんて、そう多くは考えられない。あり得るとすれば、住民を追い出したいとか、脅かしたいなど。

しかし、すでに空き家ならその必要はなく、そもそも一家心中事件が起きた家となると、好んで寄り付く人間はいないだろう。

すると、礼央がわずかに眉根《まゆね》を寄せた。

「単純に、燃やしたいってことじゃないかな」

「燃やすって、家を……？　どうして……」

「いわくつきの家が売れないからって、解体して更地にするのは結構お金がかかるし。でも、火事なら保険が下りる」

「…………」

それを聞いた瞬間、頭に蘇《よみがえ》ってきたのは、発火させる霊は需要が高いと話していた依の言葉。

あのときは、霊を道具のように話す依への不快感が先に立ち、その理由までは考えが及ばなかった。

しかし、礼央が言う通り保険金を目的とするのなら、火災を装える霊の需要が高いという意味は、わからなくもない。

爽良は酷《ひど》い頭痛を覚えた。

「つまりそれって……、空き家の所有者が、依さんから紗枝ちゃんをその……、買ったってこと、だよね……？」

口にするのも躊躇《ためら》われ、声が不安定に揺れる。

礼央もまた、神妙な表情を浮かべた。

「そうなるね。ちなみに現在の所有者は心中で亡くなった主人の兄弟で、近くに住んでるらしい」

「そう、なんだ……」

「以前は先輩の不動産会社、――吉原《よしはら》不動産が仲介して売買の斡旋《あっせん》をしていたらしいんだけど、売れないまま何年も経って、訳ありとはいえ一等地だから吉原不動産から買い上げの交渉をしたけど、よほど金額に納得がいかなかったのか決裂したんだって。それ以来関係が悪化して、そのうちに契約も切れて、今は仲介業者がいないみたい」

「つまり、所有者が自分で管理してるってこと……？」

「そう。でもそれじゃ余計に買い手がつかないよね。上物《うわもの》が事故物件ならいっそ更地にした方が売れやすそうだけど、解体するならするでかなりのお金がかかるし。そんなときに依さんのことを知った……って流れじゃないかな」

それは、とても生々しく、リアルな予想だった。

「その、空き家の所有者に会う方法ってあるのかな……」

そう聞くと、礼央はすでに想定済みとばかりに小さく頷いた。

「所有者は江崎《えざき》さんって人で、住所もわかってるから訪ねるだけならすぐにできるんだけど、いきなり空き家の中が見たいなんて言っても怪しまれるだろうから、ひとつ手を打ってる」

「手？」

「先輩の会社の担当者に、江崎さんに繋《つな》いでもらおうと思って。代官山で家を探してる人間がいるって設定なら、不自然じゃないし」

「でも、仲介契約が切れてるのにそんなこと頼んでもいいの……？」

「吉原不動産としても江崎さんとの関係を修復したいみたいだから、購入希望者を紹介するって内容なら連絡を取りやすいし、吉原不動産にとっても悪い話じゃないって言ってた。……まあ先輩談だけど」

「礼央の先輩ってシステム管理部でしょ？　そんなこともできるの……？」

「先輩がっていうより、そんなことをできる知り合いが社内にいるらしいよ」

「そうなんだ……」

吉原不動産といえば国内最大手の不動産会社であり、そんなふうに融通が利くイメージはあまりないが、実際に勤めている人間がそう言うのなら可能なのだろう。

それにしても、礼央がこの件に加わって以来、すべてにおいて想像以上にスムーズに進んでいることに爽良はただただ驚いていた。

少し前まで途方に暮れていた爽良にとっては、奇跡と言ってもいいくらいの展開と言える。

「礼央、本当にありがとう……」

「俺じゃなくて、先輩」

「だけど、礼央がいてくれなかったら、なにもできなかったから」

「本番は、これからだよ」

そう言われ、爽良は深く頷く。

確かに、もっとも重要なのはこれからだった。

もし江崎との交渉が叶《かな》えば内見という形で空き家に入ることができるが、あまり不自然な行動は取れないし、時間も限られるだろう。

しかし、その間になんとしても紗枝を捜して連れ帰らなければならない。

そんなことができるだろうかと不安もあるけれど、これは今の爽良にとって唯一の活路であり、なにがあっても成功させるしかなかった。

「とりあえず、最大級に急いでほしいって頼んでるから、連絡はすぐ来ると思う。いつでも動けるようにしてて」

「うん……。なんだか、先輩に無理ばっかりさせちゃったね……」

「……まあ、それ相応の報酬はすでに約束させられてるから」

「報酬？」

「……その話はまた改めて」

気になったけれど、珍しいくらいに眉間《みけん》に皺《しわ》を寄せる礼央の様子を見てしまうと、それ以上追及することはできなかった。

爽良は頷き、静まり返った庭を見渡す。

前まではふとした瞬間に感じた紗枝の気配はまったくなく、それが寂しくもあり、不思議でもあった。

こんなに感情移入してしまう日がくるなんて想像もしていなかったと爽良はしみじみ思う。

必ず連れ帰っていずれは穏やかに浮かばれてほしいと、よく紗枝が隠れていた木陰を見つめながら、爽良は心からそう願った。

さすが礼央の先輩というべきか、江崎との交渉は想像以上にスムーズに運んだようで、その後あっさりと内見が決定した。

仲介契約の切れている吉原不動産の立ち会いはないが、江崎の元担当者が江崎と爽良たちの連絡を取り持ってくれ、日程は二日後の土曜に決まった。

予知夢のこともあり、できるだけ早い方がいいという要望を出していたとはいえ、こんなにすぐに叶ったことにはただ驚きしかなかった。

そして、当日。

紗枝からもらった星形の髪留めをお守り代わりにポケットに入れ、爽良は礼央と一緒に鳳銘館を出た。

なんとなく、今日ばかりはあまり御堂と顔を合わせたくないと考えていたけれど、幸い、庭に姿はなかった。

間もなく到着した空き家の前には六十代くらいの男性が立っていて、爽良たちの姿を見るやいなや、満面の笑みを浮かべる。

「やあ、初めまして。江崎です」

「ご連絡差し上げました、上原です。この度は急なお願いを聞いていただき、本当にありがとうございます」

そつなく挨拶《あいさつ》をする礼央の横で、爽良も慌てて頭を下げた。

江崎は笑みを浮かべながらも、どこか不躾《ぶしつけ》な視線で二人を交互に眺める。

「ここらで家を捜してるって聞いたけど、ずいぶん若いんだね。夫婦？」

「ええ。職場が恵比寿《えびす》にあるもので、近くて静かな場所をと」

「なるほど。それなら代官山はとてもいいね。この辺りはとくに静かだし、どこへ行くにも便がいいから」

夫婦という設定が自然だというのは礼央の先輩からの提案であり、事前に口裏を合わせていたものの、いざ嘘をつくとついつい目が泳いだ。

一方、礼央は動揺ひとつ見せず、その肝の据わり方に爽良は感心する。

「まあ、立ち話もなんだからとりあえず中へ」

「お邪魔します」

江崎はこの間まで封鎖されていた門を開け、爽良たちを中へ通す。

ただ、門柱に設置されていたはずの防犯カメラはすでに撤去されていた。物騒なイメージを少しでも拭《ぬぐ》うためかもしれないと爽良は思う。

というのも、爽良はまだ会って数分も経っていない江崎に、あまりいい印象を抱いていない。

依から紗枝を買った張本人であるという仮説を一旦《いったん》置いておいたとしても、いかにも詮索《せんさく》するような目線が気になって仕方がなかった。

さらに、江崎は玄関へと向かう爽良たちを追いながら、礼央はどんな仕事をしているのか、どれくらい儲《もう》かるのかと質問を畳みかける。

礼央はそれらを適当に流していたけれど、突如、江崎の方を振り返った。そして。

「……庭はなんだか少し暗いですね。幽霊でも出そう」

まさかの言葉に固まったのは、爽良だけではなかった。

江崎は明らかに目を泳がせ、大袈裟《おおげさ》な程に首を横に振る。

「な、なにを言うかと思えば幽霊なんて。そんなものを信じてるとは、やっぱり若いなぁ」

その様子を見て、礼央がわずかに目を細めた。

その瞬間、爽良はわざわざ際どい質問を投げた目的を察する。霊と聞いたときの江崎の反応を見極めるためだと。

そして、江崎はまんまと動揺していた。もはや、この家に出る霊の存在を認めるも同然なくらいに。

「ですよね。冗談です」

礼央はサラリとそう言って、玄関に足を踏み入れる。背後から、江崎の小さな溜《た》め息《いき》が聞こえた。

まだ紗枝の存在を確認していないけれど、江崎の態度から、爽良は徐々に確信を持ちはじめる。

この家には、江崎が後ろめたく思うなにかが存在するのだと。

ただ、だとすれば、ひとつ疑問があった。

それは、江崎にとって大事な内見の日に、紗枝の存在を隠そうとは考えなかったのだろうかというもの。

江崎の異常な動揺を見る限り、対策を講じているとは考えにくい。

「礼央……、紗枝ちゃんの気配、ある？」

爽良は先にリビングに足を踏み入れた礼央を追い、こっそりと耳打ちした。

しかし、礼央は小さく首を横に振る。

「今のところは、まだ」

「っていうか……、事前に隠そうとは思わなかったのかな」

「思ったとしても隠せなかったんじゃないかな。こっちもかなり急がせたし、そもそも普通の人にどうにかできるとも思えない」

「あ……、そっか……」

礼央の言葉を聞いて、爽良は自分の感覚がすっかり麻痺《まひ》してしまっていたことに気付いた。

実際に霊を道具のように使っていたとしても、普通の人間に霊は視えないし、ましてや都合よく扱うことなどできるはずがない。

もし隠そうとするならば、仕込んだ張本人、つまり依を呼ぶ必要があるのだろうが、おそらく間に合わなかったか、あえて呼ばなかったかのどちらかだろう。

というのも、依がそう簡単に呼び出しに応じるとは思えず、呼べたとしても多額の請求をされることが明らかだからだ。

いずれにしろ、爽良にとっては好都合だった。

これは絶好のチャンスだと、爽良は意気込みを新たにリビングを見渡す。

すると、江崎がカウンターキッチンの方に爽良たちを呼んだ。

「キッチンは一度リフォームしているから、使いやすいはずだよ」

しかし、爽良はキッチンよりも夢で見た和室の方が気になり、リビングの奥の障子を指差す。

「あの奥って、和室ですか？」

「ああ、まあ……」

江崎はふたたび動揺した。

予知夢では紗枝は和室にいたし、見られるのを躊躇《ためら》うところを見ると、過去に二度起こった不審火も出火元は和室だったのだろう。

「拝見しても？」

礼央もおそらく同じことを思ったのか、返事を待たずに和室の方へ向かい、障子を開け放った。

その瞬間、ひんやりとした空気が肌を撫《な》でる。

たちまち背筋がゾクッと冷え、爽良は思わず息を呑《の》んだ。

和室に漂う空気は、もはや霊の存在を否定する方が難しいくらいに異様だった。

「……窓、開いてます？」

礼央がしらじらしく投げかけた質問に、江崎がビクッと肩を揺らす。

「い、いや……、さっきまで換気をしていたから」

無理のある説明に、礼央はなるほどと小さく呟《つぶや》いた。

爽良は緊張を覚えながら、和室にそっと足を踏み入れる。ただ、相変わらず紗枝だと確信を持てるような気配はない。

しかし、そのときふと、六枚敷かれた畳のひとつに、明らかに他と違うものがあることに気付いた。

一枚だけが新しいというわけではなく、他と同じくらいの経年劣化をしていて、縁《へり》の柄だけが違っている。

「あそこの畳だけ、替えたんですか？」

尋ねると、江崎の目が泳いだ。

「あ、ああ……表面が傷んでいたから、うちの畳を張り替えたときに一枚をこっちに……」

「一枚だけを……？」

「自分でやったから、大変でね。ま、まあ、もしここに住むならどうせ畳は張り替えた方がいいよ、古いから。それよりもキッチンの方を――」

その瞬間、――突如、二階の方からゴトンと不自然な音が響いた。

江崎は言葉を止め、ゆっくりと天井を見上げる。部屋は奇妙なくらいにひんやりしているのに、江崎の額にはじっとりと汗が滲《にじ》んでいた。

「今の音、上からでしょうか」

礼央が淡々と問いかけ、江崎が慌てて視線を戻す。

「う、上の窓もほら……、換気で開けたままにしていたから。な、なにか風で倒れたかな」

「僕、見てきましょうか」

「いやいや！　俺が見てくるよ。すぐに戻るからここにいてくれるかい？」

江崎はそう言い残すと、逃げるようにその場を後にし、二階へと向かった。

階段をかけ上がる音が止むと、礼央がやれやれといった様子で肩をすくめる。

「あの人、多分相当怖がりだね。この家は不幸な事故の現場なだけあって小さい気配がけっこうあるし、不自然な音くらいいくらでもすると思うけど、あの異常な怯《おび》え方からして霊感もなさそう」

確かに江崎の怯え方は逆に不憫《ふびん》で、爽良もまた、礼央の言葉に納得していた。

「だけど……、ただ、霊感がない人が依さんを信じるのかな……」

「最初は半信半疑だったとしても、実際に二回も不審火が起きたら信じざるを得ないでしょ。どうせ畳も燃えたから替えたんだろうし。……ま、不審火のことは隠し通すつもりみたいだけど。もし売れたときは、紗枝ちゃんのことも放置したまま売り払う気なんじゃない？」

「そんな……」

「そもそも視えない人間が、霊のことなんてまともに考えないよ。どうせ、売れたらこっちのものって感覚でしょ。回収するにもどうせお金かかるんだろうし」

なんとも言えない気持ちになり、爽良は口を噤《つぐ》む。

ただ、礼央の言う通りだったとして、爽良には江崎を非難することはできなかった。

物心ついた頃から霊が視えていた爽良だって、すべての霊には元々命があり、自分と同じ人間だったという当たり前の事実に向き合ったのはつい最近のことだ。

視えないならなおさら、そんなことを考えもしないだろう。

爽良はつい黙り込み、一枚だけ縁の違う畳をぼんやりと見つめる。

すると、礼央が爽良の肩をぽんと叩《たた》いた。

「とにかく、江崎さんがいない間に紗枝ちゃんを捜そう」

そう言われ、確かに今は考え込んでいる場合ではないと、礼央を見上げて頷《うなず》く。

そして早速和室に足を踏み入れ、周囲の気配に集中した。

和室の空気は明らかに普通とは違っていて、空気が冷たいだけでなく、奇妙に張り詰めている。

ただ、なんらかの気配があることは確実なのに、すべて弱く曖昧《あいまい》で、紗枝だと言い切れる気配は見付けられない。

「この家、やっぱり気配が多いね。思ったより難しいかも」

礼央はそう呟き、頭を抱える。

爽良にはあまりに弱い気配を察することはできないけれど、気配に聡《さと》い礼央がそう言うのだから、よほど多いのだろう。

「さっきの音も、やっぱり霊の仕業なんだ……」

「久々に人が家に入ってきたから騒いでるんだと思う」

「……なる、ほど」

最近の礼央はときどき、ごく一般常識であるかのように、こうして霊の行動原理を口にする。

霊感をずっと隠し続けてきたことに関しては爽良と同じなのに、こういうとき、礼央との知識の差をより顕著に感じた。

おそらく、礼央がなにがあっても動揺せずにいられるのは、こうして冷静に観察してきた経験あってのものなのだろう。

それは、ただ怯え続けてきた爽良には到底できなかったことだ。

そんな自分を少し情けなく思いながら、爽良は和室をゆっくりと一周する。

そのとき、ふいに、階段を駆け下りてくる足音が響いた。

江崎はリビングに顔を出し、携帯を手に持ったままずいぶん怯えた様子で玄関の外を指差す。

「ちょっと外で電話してくるから、二人でゆっくり見てて！」

江崎はそう言うと、返事も待たずにその場を後にし、すぐに、乱暴に玄関が閉まる音が響いた。

爽良たちは顔を見合わせ、首をかしげる。

「上でなにかあったのかな」

「どうせ些細《ささい》な霊障でしょ。ただ、それより電話の相手が気にならない？」

「相手……って、もしかして」

「他にいないよ」

名前を出さずとも、思い当たるのは依以外にいなかった。

江崎の動揺ぶりから考えて、おそらく二階でなんらかの不思議なことが起き、不安になって依に相談している可能性が高い。

爽良が咄嗟《とっさ》にリビングの窓から外を見ると、門の前で背中を丸めて電話をする江崎の姿が見えた。

「会話、聞こえる？」

礼央も横に並び、その様子を眺める。

「ううん……。なに話してるんだろう……」

「少し開けてみようか」

爽良が頷くと、礼央は音を立てないよう注意深く窓の鍵《かぎ》を回した。

そして、窓枠に手をかけた、――ものの。

「……開かない」

爽良と目を合わせ、そう呟いた。

「え……？　どうして……」

爽良も一緒に手をかけたものの、どんなに引いても窓はビクともしない。窓の上下を確認しても他に鍵らしきものはなく、たちまち嫌な予感が過《よぎ》った。

「和室の窓も見てくる。爽良はキッチンの勝手口を」

「わ、わかった……」

爽良は言われた通りキッチンにある勝手口に向かい、内鍵を開けてノブを回す。

しかし、ノブは回るものの、戸はどんなに押しても開かなかった。

「礼央、勝手口も開かない……！」

「和室も駄目だった。玄関も見てみる」

礼央はすぐにリビングを後にし、玄関へ向かう。爽良もその後に続いたけれど、二人がかりで必死に戸を押しても、やはり開く気配はない。

「どこも開かない……」

「閉じ込められたね」

爽良が狼狽《うろた》える中、礼央はどこか余裕な様子だった。不思議に思って見上げると、礼央はかすかに笑みを浮かべる。

「これが霊障なら相当強いし、起こしてるのは多分紗枝ちゃんでしょ」

そう言われた途端、爽良は目を見開いた。

もちろん異常な状況であることに間違いなく、危険であることも変わらないのに、不思議と張り詰めていた気持ちがわずかに緩む。

「連れて帰らなきゃ……」

「だね」

近くにいると思った途端に思考がクリアになり、爽良は和室に向かった。

するとそのとき。

突如リビングの窓を激しく叩く音が響き、見れば慌てた様子の江崎が中を覗《のぞ》き込んでいた。

おそらく、電話を終えて戻ってきたら玄関が開かず、爽良たちの仕業だと思い込んでいるのだろう。

爽良は慌てて窓際へ行って窓越しに鍵を指差す。

「鍵、閉まってないんです……！　戸も窓も急に開かなくなって……！」

しかし、江崎の様子はどこかおかしかった。

酷《ひど》く目を泳がせながら、震える手で和室の方を指差す。

「お、おい……、後ろ……！」

「え……？」

嫌な予感を覚えながら、爽良はゆっくりと振り返った。すると、途端に目に飛び込んできたのは、和室の奥から細く上がる煙。

突然のことに硬直する爽良を他所《よそ》に、礼央は背負っていたバックパックを放り出すと、煙に駆け寄り端に積まれていた座布団で煙を押さえ付けた。

煙はすぐに消え、爽良はほっと胸を撫《な》で下ろす。

しかし、それも束の間、今度は別の畳からチリチリと音が響き、そこから小さな火が上がった。

それは、明らかに不自然な炎だった。

「爽良、これで押さえて」

ふいに礼央が火を目がけて座布団を投げ、爽良は言われるがままにそれを手に取り火に叩きつける。

幸いすぐに消えたものの、息つく間もなく今度は窓の障子から小さな火が上がった。

「どうしよう……、キリがない……」

もはやパニック寸前だったけれど、爽良は勢い任せに障子を枠から外し、畳の上に落として座布団で消火する。

窓の外ではすっかり青ざめた江崎がガタガタと震え、首を横に振りながらじりじりと後退《あとじさ》った。

「お、俺は……、人を巻き込むつもりなんて……」

そのひと言こそ、爽良たちの仮説がすべて真実だったことを意味していた。

江崎は震える手で携帯を取り出す。

「だ、大丈夫だから落ち着いてくれ……。す、すぐに消防署に電話するから……」

消防署と聞いた瞬間、爽良は焦りを覚えた。

そして、消防車が駆けつけてしまえば、紗枝を捜すことはできなくなると。数日中には確実に予知夢通りの惨事が起こってしまう。

爽良は電話をかける江崎を見るやいなや、慌てて和室をぐるりと見回した。

「紗枝ちゃん……！」

もはや、江崎の視線を気にしている暇はなかった。せっかく得た機会を失うわけにはいかないと、必死に紗枝の気配を探る。

「紗枝ちゃんどこ……？　お願い、出てきて……！　迎えにきたの……！」

そうこうしている間にも、ふたたび別の畳から火が上がった。

しかし、今度は消火する隙も与えられず、火はまたたく間に和室の入り口の障子に燃え移る。

「一旦《いったん》出よう。このままじゃ和室が火に囲まれる」

礼央はそう言って、咄嗟にリビングへと爽良の手首を引いた。いつも冷静な礼央がこんなに焦ることなど滅多にない。

けれど、そんな極限の状態の中でも、火が上がるたび、爽良には紗枝が近くにいるように思えてならなかった。

ここを離れてしまえば取り返しがつかなくなる気がして、爽良はなかば無意識に足を止める。

咄嗟に振り返った礼央が瞳《ひとみ》を揺らした。

「爽良？」

「礼央、今紗枝ちゃんを置いて行ったら、もう……！」

「でも、気配ないでしょ」

「だけど、この火はやっぱり紗枝ちゃんの仕業だと思う……。もしかしたら、依さんが気配がわからなくなるような方法を使ったのかも……」

「だとしたら、捜しようがなくない？」

礼央の言う通りだと、頭では理解していた。

依のことだから、わざわざ鳳銘館の近くに紗枝を仕込んだ上で、爽良たちにはそう簡単に見付けられないような手を施し、面白がっている可能性もある。

そんな高度なことをされてしまえば、ただ霊感が強いだけの爽良には到底太刀打ちできない。

相手が悪すぎることは言うまでもなく、自分たちではどうにもならないのだろうかと、心の中にじわじわと絶望が広がっていく。

ただ、その一方で、爽良の頭には小さな疑問が過っていた。

「ねえ礼央、……考えてみたら、二回も不審火を起こすって変だよね……。紗枝ちゃんは鳳銘館ごと一気に焼き尽くすくらいの力を持ってるし、しかも扱ってるのはあの依さんだし、江崎さんからの依頼を叶《かな》えることなんてすぐにできそうなのに、わざわざ小さな火事を繰り返すなんて……」

「どういう意味？」

「まるで、私たちが紗枝ちゃんの存在に気付くよう、あえて力を調整しながら誘い出してたみたいだなって……。そう考えたら、わざわざ代官山のお客さんを選んだことも辻《つじ》褄が合うし……」「……なにそれ。目的は？」

「わかんないけど、たとえば……、私への仕返し、とか」

譬《たと》えのつもりで口にした言葉だったけれど、ふと、あり得ない話ではないと爽良は思う。

依は鳳銘館だけでなく爽良にまで興味を持っていて、すでに二度もアルバイトに誘われている。

しかし、爽良はそれを断った上、呼び出した喫茶店ではあの依が動揺する程の暴挙に出た。

「仕返し？……なんの話？」

「鳳銘館も私も思い通りにならないから、……紗枝ちゃんを連れ戻したがってる私を絶望させて、憂さ晴らしする気なんじゃないかって……」

どこか子供のような無邪気さと残酷さを持つ依なら、思い通りにならない鬱憤《うっぷん》をこういう形で晴らそうとしていても不思議ではなかった。

たいして依のことを知らないのに、陰で楽しむ様子が容易に想像できる。

礼央は信じられないといった様子で眉《まゆ》を顰《ひそ》めた。

「……依さんってそんなにやばい人なの？」

その答えは、深く考えるまでもなかった。

爽良は礼央を見上げ、ゆっくりと頷《うなず》く。

「やばい人だと、思う。……だから、……思い通りにさせたくない」

はっきりそう言い切ると、礼央が驚きに目を見開いた。

それも無理はなく、逆にさっきまで混乱していたはずの爽良は、依の策略かもしれないと思い至った瞬間から驚く程腹が据わっていた。

いつもなら真っ先に浮かんでくるはずの、自分にできるはずがないとか、礼央に迷惑をかけるべきでないとか、そういうぐずぐずした迷いも今はない。そして。

「……できれば、……礼央にも協力してほしい」

爽良はなかば衝動のままにそう口にする。

その瞬間、強張《こわば》っていた礼央の表情がふわりと緩んだ。

「……いいよ」

たった三文字が心にじんと響き、周囲を火に囲まれているというのに、途端になにもかもが上手《うま》くいくような気すらしてくる。

「ただ、最優先は爽良の命だから。それだけは頭に入れておいて」

礼央はそう言うと、ふたたび座布団を手に和室の消火をはじめた。

爽良も後に続いたものの、そのときふいに、遠くから響く消防車のサイレンの音に気付く。

「礼央……」

「残り時間は数分もなさそう」

リミットが間近に迫り、額に嫌な汗が滲《にじ》んだ。

通常なら救いであるはずのサイレンの音が、爽良の焦燥感をこれ以上ないくらいに煽《あお》る。

そして、このまま火ばかりを気にしていては紗枝を見付けられないと、爽良は手を止めふたたび気配に集中した。

依然としてなにも感じないけれど、ただ、依によって紗枝の力が制御されていると予想したときから、爽良の中にはひとつの仮説が浮かんでいた。

それは、紗枝はまだ藁《わら》人形に封印されたままなのではないかというもの。

そうだったとすれば、気配がないことにも納得がいき、力を制御されているという仮説の信憑性《しんぴょうせい》も上がる。

「礼央、この部屋のどこかに藁人形が隠されてるかも……」

ただの直感だったけれど、今はそれを信じるしかなかった。

礼央は一瞬考え込み、それから放り出していたバックパックを手繰り寄せると、中からマイナスドライバーを取り出して畳の隙間に差し込む。

そして、梃子《てこ》として利用し畳を浮かせた。

「……隠せるとしたら畳の下か天井裏しかないけど、今は天井裏は無理だから畳を上げよう」

「わ、わかった……！」

爽良は慌てて駆け寄り、隙間に手を入れて畳を捲《めく》りながら、床と畳の間を確認する。

しかし、床にはびっしりと塵《ちり》や埃《ほこり》が積もっていて、誰かが上げたような形跡は見当たらなかった。

「なにもない……」

「じゃあ、次」

礼央はその畳を起こして壁に立てかけると、今度は隣の畳を捲り上げる。

しかし、もはや消防車のサイレンはすぐそこまで迫っていた。全部で六枚ある畳すべてを確認する時間は明らかにない。

願いを込めて二枚目の下を覗《のぞ》いたものの、やはりさっきと同じくなにも見当たらなかった。

「紗枝ちゃん……！」

爽良は怯《ひる》まず次の畳に手をかける。慌てたせいで爪が割れ、たちまち血が滲んだけれど、そんなことに構っている暇はなかった。

礼央は次々と発生する火を叩《たた》き消しながら、爽良が持ち上げた畳を支えて隙間を広げる。

だが、三枚目の畳の下にもなにもなく、サイレンはさらに近くなった。

徐々に、このまま見付からなかったらと、最悪な結末が頭を過りはじめる。――しかし、そのとき。

爽良はふと、一枚だけ縁《へり》の柄が違う畳の存在を思い出した。

さしずめ、内見を控えた江崎が燃え痕《あと》を消すための応急処置として替えたのだろうと思っていたし、そんないかにも怪しい場所になにかを隠さないだろうと勝手に除外していたけれど、逆に、元々江崎の家にあった畳なら予《あらかじ》め細工が可能であるという考え方もある。

畳はあと三枚あるが、時間的にあと一枚が限界だろうと踏んだ爽良は、その畳を指差した。

「礼央……、あの畳の下……！」

「……わかった」

ろくに説明もしていないというのに、礼央はすぐに縁の柄が違う畳の場所へ移動し、それを捲った。

そして、畳の裏側を見た瞬間、爽良は息を呑《の》む。

「……これ、って」

爽良が見たのは、裏面を畳床ごと乱暴に抉《えぐ》ったような形跡。そしてそこには、見覚えのある藁人形が埋め込まれていた。

それは抉られた隙間にギチギチに詰められ、怪しげな筆文字が綴《つづ》られた細い紙が、まるで包帯のように何重にも巻きつけられている。

「この中に……、紗枝ちゃんが……」

あまりの禍々《まがまが》しい見た目に一瞬頭が真っ白になったけれど、この中に紗枝がいると思うと怖くはなかった。

「爽良、早く」

礼央に急《せ》かされ、爽良は畳の隙間から藁人形を引っ張り出した。

同時に、リビングの窓になにかを打ち付ける激しい音が響く。

振り返ると、窓越しに消防士の姿が見えた。

おそらく、鍵《かぎ》が開いているにも拘《かかわ》らず玄関も窓も開かず、強引に割ろうとしているのだろう。

消防士は小型のハンマーのようなものを持っているが、窓には傷ひとつない。

その光景を見るやいなや、礼央は捲った畳を手早く元に戻し、爽良はひとまず藁人形をポケットに突っ込む。――そのとき。

藁人形に巻き付けられていた不気味な紙が、ひらりと剝《は》がれ落ちた。

それは熱風に攫《さら》われてふわりと舞い、障子でチリチリと燻《くすぶ》っていた小さな火に吸い寄せられ、あっという間に灰になっていく。

その瞬間、――リビングの窓が割れ、同時に和室のいたるところで燻っていた火も一斉に消えた。

「大丈夫ですか！」

駆けつけた消防士から問いかけられ、爽良は呆然《ぼうぜん》と頷く。

和室を見回すと、ところどころに燃え痕はあるもののどれも小さく、一瞬、さっきまでの惨事がすべて夢だったかのような錯覚を覚えた。

一方、礼央はいたって冷静に消防士に説明をはじめる。

「この家の内見中だったんですけど、急に和室に火が上がって。逃げようとしても窓も玄関も開かなかったので、座布団を使って消火してました」

「急に火が……？　窓の鍵は間違いなく開いてました？」

「はい。消防士さんも見ましたよね」

消防士は困惑していた。

常識的に考えてあり得ない出来事だが、実際に目の当たりにしている消防士は納得するしかないのか、それ以上は聞かずに「歩けますか」と言いながら爽良たちを家の外へ誘導した。

庭では江崎が駆けつけた警察を相手に「勝手に火が出た」や「玄関も窓も開かなかった」と、礼央と同じ説明を繰り返している。

爽良たちは他の消防士から一酸化炭素中毒を心配され、念のためにと救急車に乗せられそうになるのを丁重に断り、結局、その後しばらくして解放された。

ただ、明らかにこれまでの不審火とは規模が違うため警察の捜査が入るとのことで、後日捜査への協力を了承した。

捜査と聞いて爽良は思わず動揺したけれど、礼央が言うには、爽良たちにあらぬ疑いがかかることはおそらくないとのこと。

というのも、玄関も窓も開かなかったことは消防士だけでなく江崎も証言できる事実であり、ただでさえ後ろめたい事情を持つ江崎がわざわざ爽良たちを巻き込んで大ごとにするメリットもないと。

当然、依のことを白状するなんてことは絶対に考えられず、そもそも、話したところで信じてもらえるはずはない。

ただ、捜査なんかよりも、爽良はとにかく紗枝のことが気がかりで仕方がなかった。

鳳銘館に向かって歩きながら、ポケットの藁人形の感触を何度も確かめる。

ほんのりと熱の宿る藁人形からは、かすかに紗枝の気配を感じた。

「気配が曖昧《あいまい》だったのは、藁人形に巻き付いてた不気味な紙のせいかな」

ふいに、礼央がそう呟《つぶや》く。

爽良は、あの紙が灰になってしまう瞬間を思い返しながら、おそらくそうだろうと納得していた。

あの瞬間、明らかに空気が変わり、ビクともしなかった窓が割れ、火もすべて消えた。

理屈はまったくわからないけれど、少なくとも無関係ではないだろう。

「……そうだとしたら、もう魔法だよ……。そんなことができる人が存在するなんて、なんだか……」

爽良はそう言いながら、自分自身で居場所にすると決めた世界の怖ろしさを痛感していた。

語尾が曖昧なまま俯《うつむ》くと、礼央がふいに口を開く。

「怖い？」

「……そりゃ、怖いよ」

「鳳銘館に来る前に戻りたくなった？」

「戻りたいって思ったことは、ないけど」

「けど？」

「御堂さんが凄《すご》く怒ってた理由が、よくわかるなって。……こういうことが平気で起こる世界で、自分ができることを見誤ってしまったら本当に命取りだって実感したし、さっきももし一歩間違えてたら……。そんな状態でここを居場所だって言っていいのかなって思って」

頭の中で絡まっていた思いは、思ったよりもスムーズに言葉になった。弱音を吐くのがずいぶん上手《うま》くなってしまったと、爽良は密《ひそ》かに思う。

「自信がなくなったの？」

「自信なんて、最初からないよ。……今日だって礼央がいなきゃ、なにもできなかったもの。……だけど、それじゃ駄目だなって。礼央がいつまでも一緒にいてくれるわけじゃないし」

「なんで？」

「え？」

顔を上げると、こてんと首をかしげる礼央と目が合った。

心の底から意味がわからないといったその表情に、爽良は面食らう。

「なんで、って……」

「俺がいてなんとかなるなら、いいじゃん」

「…………」

礼央は勝手に結論を出し、なにごともなかったかのように歩き続けた。

そういうわけにはいかないのだという反論は、心に潜む甘えが邪魔して、声にならなかった。

ただ、自分の力不足に直面している今は礼央に頼る他なく、爽良はなにも言わずに礼央の後に続く。

自立しなければならないのだと、そう言って突っぱねる選択肢もあるにはあるけれど、当面、それを選ぶことはできそうになかった。

鳳銘館へ戻ると、爽良はまず最初にロンディのところへ向かった。

ロンディは、藁《わら》人形を見せるやいなや目を輝かせ、大きく尻尾《しっぽ》を振る。

その瞬間、紗枝は間違いなくこの中にいるのだと確信し、爽良はほっと息をついた。

「……紗枝ちゃん」

声をかけるが、反応はない。

ロンディがクゥンと寂しげに鳴いた。

不気味な紙が外れたことで封印が解けたと勝手に判断していたけれど、もしかして違ったのだろうかと、爽良はふたたび不安を覚える。

すると、礼央が爽良の隣に膝《ひざ》をつき、そっと藁人形に触れた。

「怯《おび》えてるんじゃない？」

「え……？」

「捕まって利用されて怖い目にも遭ったし、塞《ふさ》ぎ込んでるんじゃないかって」

「あ……、そう、かも」

「多分、爽良の声を聞いてるうちに安心して出てくるよ」

爽良は頷《うなず》きながらも、心の奥でふと、まただ、と考えていた。

礼央は、霊の抱える感情を驚く程に理解していて、それをごく当たり前のことのように話す。

多分と前置きしているがそこには強い説得力があり、これまでのことを振り返ってみても的外れだったことは一度もない。

これは、ただ向き合ってきた年月の差として説明がつくものなのだろうかと、爽良はふと疑問を覚えた。

「爽良？」

「え？……あ」

名を呼ばれて我に返ると、首をかしげるロンディと目が合う。

爽良はロンディの首元をそっと撫《な》でながら、ひとまず今は考えないでおこうと、気持ちを切り替えて藁人形を見つめた。

「紗枝ちゃん、鳳銘館に戻ってきたよ」

相変わらず反応はない。

「紗枝ちゃんが好きだった、庄之助さんがいた場所だよ」

庄之助の名前を出せばあるいはと思ったけれど、やはり変化はなかった。

礼央を見上げると、深く頷き返される。その仕草が、大丈夫だと、そのまま続けてと言われているようで、不思議と不安が消えた。

「――紗枝ちゃん」

ふと、紗枝と過ごした時間が頭を巡る。

出会ってまだ数ヶ月しか経っていないというのに、紗枝が見せてくれたさまざまな表情が鮮明に頭に浮かんだ。

最初は遠くからじっと見つめるだけだったのに、次第に距離が近付き、気付けば会話も増えた。

最初こそ戸惑っていた爽良も、いつの間にか恐怖は払拭《ふっしょく》され、ここ数ヶ月にいたっては、自分からその姿を捜していたように思う。

それは、爽良にとって大きな変化だった。

「私は庄之助さんみたいにすごい人じゃないし、むしろなにもできなくて、全然頼りないと思うけど……」

紗枝に向けた言葉が、静かな庭に響く。

まるでひとり言のようで、わずかな虚《むな》しさを覚えたけれど、止めようとは思わなかった。

「でも、……そんな私でも、こうして紗枝ちゃんを連れ戻すことができたんだよ。だから――」

ふいに、御堂に勘違いだと責められて心が折れ、自分なんかがそんなことを口にしてはいけないと、心の奥に閉じ込めたはずの言葉が、抗《あらが》う余地もなく込み上げてくる。

「これからは、私が紗枝ちゃんを守りたい。――私に、守らせてほしい」

そう言った瞬間、爽良たちの周りにふわりと優しい風が舞った。

同時に、藁人形に宿っていたかすかな温《ぬく》もりがスッと消え、爽良は不安を覚える。――しかし。

「爽良」

礼央に呼ばれて視線を上げた瞬間、爽良の視界に映ったのは、ひらりと揺れる水色のワンピース。

しかし、裾《すそ》のいたるところには黒い焦げ痕《あと》があった。

出会った頃の痛々しい姿が頭を過《よぎ》り、胸に痛みが走る。

おそらく、依と江崎に利用される中で辛《つら》い記憶を思い出し、心を抉《えぐ》られてしまったのだろう。

改めて思い返すと、和室での混沌《こんとん》が紗枝の苦しみを反映しているように思えた。

「紗枝ちゃん」

名を呼ぶが、紗枝に反応はない。

紗枝はどこか虚《うつ》ろな表情で、どこでもない宙をぼんやりと見つめていた。

どんな言葉なら響くだろうかと、爽良はかけるべき言葉を必死に悩む。

すると、礼央が小さく笑った。

「そんなに難しく考えなくても、もっと単純でいいんじゃない」

「単純……？」

「うん。普段通り」

「普段通り……」

そんなことを言われてもと、爽良はさらに頭を抱える。

しかし、そのときふと、――こんなとき庄之助ならなんて言うのだろうかと、唐突に庄之助のことが思い浮かんだ。

『――爽良』

途端に、脳裏に優しい声が蘇《よみがえ》ってくる。

幼い頃以来会っていないのに、それは驚く程鮮明で、心がぎゅっと震えた。

そして、もし一番辛かった時期に庄之助が傍にいてくれたなら、どんなに怖い目に遭って帰ってきても、きっと笑って迎えてくれたのだろうと爽良は思う。

なにもかもを受け入れてくれそうな懐の深さで、それこそ普段通りの飾らない言葉をくれたのだろうと。

それは、たとえば——。

「……おかえり」

つい声に出してしまっていたことに気付いたのは、紗枝の瞳《ひとみ》が小さく揺れた瞬間のこと。

爽良が我に返ると同時に、紗枝は長い巻き髪をふわりと揺らし、爽良の方を向く。

「おかえり……、紗枝ちゃん」

もう一度口にしながら、爽良は、とても大切なことに気付いていた。

このたったの四文字は、あなたの居場所はここだよと伝えるための、一番温かく優しい言葉なのだと。

爽良は庄之助がやりそうな仕草を想像しながら、紗枝に向かって大きく両手を広げる。

すると、紗枝はひらりとスカートを翻し、勢いよく爽良の腕の中へと飛び込んできた。

触れられないはずなのに、衝撃や体温が伝わってくるかのようで、爽良は目を閉じ久しぶりの愛らしい気配を堪能《たんのう》する。そして。

『爽良』

「うん」

『ただいま』

「うん」

『ただいま』

「……おかえり」

催促するような言い方に、爽良は思わず笑った。ふと見れば、紗枝のワンピースは鮮やかな水色を取り戻している。

ロンディが嬉《うれ》しそうに尻尾《しっぽ》を振り、周囲はたちまち温かい空気に包まれた。

心の中にじわじわと、願った通りの結末を迎えることができたという実感が込み上げてくる。——けれど。

そのときの爽良は、心の隅でひっそりと生まれた、どこかしっくりこない思いに気付いていた。

その正体は、よくわからない。けれど、不安のような違和感のようなモヤモヤしたものが、確かに存在している。

まるで、これで本当によかったのだろうかと自問自答しているかのような。

そう思い至る理由などなにもないはずなのに、否定的な思いがまとわりついたまま、離れてくれない。

爽良は、それを振り払おうと小さく首を振った——瞬間。

あの夜に見た御堂の冷たい表情と、霊の魂ごと藁《わら》人形をちぎった荒々しい姿が、一気に脳裏に蘇る。

そして、——唐突に、爽良は察してしまった。

あのとき、御堂の心に渦巻いていた感情の正体を。

あれは、爽良への警告や戒めなんかではなく、本来の御堂が望む、あるべき対処だったのではないかと。

母親を殺された御堂が、霊に対してそれくらいの重い闇を抱えていても不思議ではない。

これまでは、庄之助の存在で相殺してこられたのかもしれないが、それも未熟な爽良の安易な行動が引き金となり、崩れてしまった。

あの日以降も御堂はほぼ普段通りに見えるけれど、心の均衡が崩れてしまった今の御堂にとって、爽良が摑《つか》んだこの最良の結末は、受け入れ難いものなのではないかと思えて仕方がない。

これが、紗枝との再会を手放しで喜べなかった理由だと、そう自覚すると同時に額から嫌な汗が流れた。

「爽良？」

礼央に名を呼ばれ、爽良はビクッと肩を揺らす。

顔を上げた瞬間、紗枝の大きな目に捉《とら》えられた。

「…………」

『爽良』

「…………」

『ただいま』

「……おか、えり」

何度も同じやりとりを繰り返す紗枝の頭をそっと撫《な》でながら、ふと、礼央はもうこの動揺に気付いてしまっただろうかと不安を覚えた。

誤魔化すための言い訳が、次々と頭に浮かんでくる。それは、爽良にとってはすっかり慣れた作業だった。

しかし。

「礼央」

「うん」

「頭の中がまとまったら、……聞いてほしいことがあって」

「……いいよ」

口を突いて出たのは、思いとは真逆の言葉。

自分はいったいどうしてしまったのだろうと戸惑う一方、迷うことなく返された「いいよ」という返事に心が驚く程軽くなった。

爽良は紗枝の気配の中でゆっくりと深呼吸をし、気持ちを落ち着かせる。

そして、烏滸《おこ》がましいとわかっていながら、御堂にも救いが必要なのではないかと、

――自分には、できることはないだろうかと、密《ひそ》かに考えていた。


翌朝。

ようやく紗枝を連れ帰ったというのに相変わらずあまり眠れず、爽良はずいぶん早い時間に支度をし、部屋を出た。

目的は、御堂と話をするため。

というのも、昨日は結局会えず仕舞いで、まだ紗枝のことを報告できていない。

これまで不在にするときはマメにくれていた報告も昨日はなく、それも少し気になっている。

御堂がずいぶん早起きらしいということは、薄々知っていた。というのも、爽良が起きて談話室に行くと、時折、コーヒーの香りが濃く残っていて、御堂のカップが洗って伏せられている。

だから、御堂には誰も起きていない時間に談話室で一人コーヒーを飲むという楽しみがあるのだろうと想像していた。

とはいえ、昼前にいかにも寝起きといった様子でふらふらと現れることもあるため、

毎日というわけではないらしい。

爽良はなかば賭《か》けのような気持ちで談話室へ向かう。

しかし、談話室はしんと静まり返っていて、人の気配がないことは入るまでもなく明らかだった。

今日はハズレかと、爽良は肩を落とす。

ただ、念のためにカウンターを覗《のぞ》いてみると、シンクの横には御堂のカップが洗って伏せられていた。

時刻はまだ六時も回っていないというのに、どうやらそれでも遅かったらしい。

いったい何時に起きているのだろうと、爽良はそのままウッドデッキへ出て、西側の庭を見渡した。

しかし御堂の姿はなく、ウッドデッキから下りて屋根の上を見上げてみても、やはり見当たらない。

爽良は一旦《いったん》談話室に戻り、それから廊下に出て、窓から裏庭の気配を確認しながら東側の廊下へ向かった。

そして、一番奥の通用口からふたたび外に出ると、東側の庭を確認して、玄関から中へ戻る。

「……コンビニにでも行ってるのかな」

ひとり言を呟《つぶや》くやいなや、靴箱に隙間なく並ぶ御堂の靴に目が留まり、爽良は肩をすくめた。

どうやら、出掛けてはいないらしい。

となると、ふたたび部屋に戻ってしまった可能性が高い。

わざわざコーヒーを飲むために一旦談話室に行くなんて面倒に思えるが、鳳銘館においては、あり得ないことではなかった。

談話室は鳳銘館を象徴する美しい部屋であり、まさに大正時代の豪邸といった煌《きら》びやかさもありながら、不思議と居心地がいい。誰もいない早朝に談話室でコーヒーを飲めば、さぞかし気分の良い一日の始まりとなるだろう。

結局、一旦御堂捜しは諦《あきら》めることにして、爽良は掃除をするため階段下の用具入れに手をかけた。

そのとき、どこで寝ていたのかロンディが軽快に階段を駆け下りてきて、爽良に駆け寄り嬉しそうに尻尾を振る。

爽良は唇の前で人差し指を立て、ふわふわの首元をそっと撫でた。

「おはよう。……ねえ、御堂さんを見なかった？」

それは、特別答えを期待しているわけでもない、ただの戯れのつもりだった。

しかし、ロンディは御堂という言葉に反応し、耳をぴんと立てる。

「……見たの？」

まさかのわかりやすい反応に質問を重ねると、ロンディは吹き抜けを高く見上げてクゥンと鳴いた。

そして、機嫌良く尻尾《しっぽ》を丸め、ふたたび階段を上っていく。

言葉をどれくらい理解しているのかは謎だが、その行動から察するに、どうやら御堂の居場所まで案内してくれるらしい。

爽良は戸惑いながらも、ロンディを追った。

しかし、ロンディは二階をあっさりと通過し、三階へ向かう。

まさか御堂の部屋へ行く気ではないかと、さすがに押しかけることまで考えていなかった爽良は焦り、ロンディに追いつこうと歩調を速めた。——けれど。

三階へ着いたロンディは、御堂の部屋がある西側ではなく、東側の廊下を進んで行った。

「え、そっち……?」

ロンディは振り返って尻尾を一度大きく振り、やがて、三〇一号室の前にちょこんと座る。

「三〇一……って」

たちまち嫌な記憶が蘇《よみがえ》り、背筋がゾクッと冷えた。

この部屋は忘れもしない、恋人の魂を求めるあまりに精神を病んでしまった日比谷《ひびや》によって、爽良が監禁された部屋。

ただ、そのとき爽良の頭を過《よぎ》っていたのは、事件のことだけではなかった。

というのも、日比谷の事件をキッカケに、三十年前、三〇一号室に結界が張られていたという奇妙な事実が判明している。

それは管理日誌に残されていたもので、あまり詳細は綴《つづ》られていなかったものの、杏《きょう》子《こ》という名の女性を結界で匿《かくま》ったといった内容を確認することができた。

そして、杏子という名は、御堂が十歳の頃に亡くなった母親のものと同じらしい。

無関係とは思えず胸騒ぎを覚えたけれど、御堂はそれ以降、その話題をいっさい口に出さなかった。

だから、日誌に書かれていること以上の事実が結局判明しないまま、追求を断念したのだろうと爽良は勝手に思っていた。

そもそも、日誌を書いた張本人である庄之助がいない今、三十年前の出来事を調べる方法なんてほとんどない。

けれど、もし御堂が今三〇一号室にいるのなら、目的はひとつしか考えられない。

もしかして一人で思い詰めているのではないだろうかと、心の中にじわじわと不安と心配が広がっていく。

しかし、たとえ声をかけたところで関係ないと一蹴《いっしゅう》されてしまう気がして、爽良は戸の前に立ち尽くしたまま、開けることができなかった。

どう考えても、母親のことで御堂が抱えている重すぎる後悔に、爽良が安易に口を挟めるような余地などない。

爽良はまっすぐに自分を見上げるロンディと目を合わせ、重い溜《た》め息をつく。そして、やはり出直すべきだと、戸に背を向けようとした、――そのとき。

突如、ロンディが戸に前脚をかけてドアノブを咥《くわ》えたかと思うと、それを器用に回した。

キィという音とともに戸が開き、慌てる爽良を他所《よそ》に、ロンディはするりと中に入っていく。

開いた戸の隙間から、奥の部屋に立つ御堂の後ろ姿が見えた。

とくになにかをしている様子はなく、駆け寄るロンディにも反応ひとつせずに立ち尽くす背中がどこか痛々しい。

ふと、「自分なら、救えるとでも思った？」という御堂の言葉が頭を過った。

同時に、苦しくてみっともなくて消えてしまいたくなったあのときの気持ちが蘇ってきて、爽良はやはり自分の出る幕はないと深く俯《うつむ》く。

けれど。

「……御堂さん」

名を呼んだのは、なかば無意識だった。どうやら、言葉と感情とがチグハグになってしまう症状は、まだ治っていないらしい。

御堂はゆっくりと振り返ると、いつになくぼんやりした視線を爽良に向ける。

表情から感情は読み取れず、爽良は慌ててかけるべき言葉を探した。

「あ、その、……三〇一号室、って……」

「………」

　動揺から上手《うま》く言葉が出なかったけれど、御堂は爽良の言いたいことを察したのか、黙って小さく頷《うなず》く。

　その素気ない態度に少し心が痛んだけれど、これがきっと素の御堂なのだと、これまでは気を遣わせすぎていたのだと、爽良は自分自身に言い聞かせた。

　そして、声をかけてしまった以上ぐずぐずしていても仕方がないと、爽良は覚悟を決める。

「……もし、ここでなにかを調べようとしているなら、……私にもできることはないかと思いまして」

　そう口にした瞬間、あの夜のやり取りを繰り返しても不思議じゃないくらいの、重い空気が流れた。

　爽良は怯《ひる》みそうな心を必死に奮い立たせ、御堂が答える前にさらに言葉を続ける。

「……自分が特別だとか、自分なら救えるなんて、思ってません。……少なくとも、今は」

　御堂に反応はない。

「十分、思い知りましたから。……恥ずかしくて、もう立ち直れないんじゃないかと思うくらい。……だけど」

語尾が震えてしまい、一度ゆっくりと深呼吸をする。

「特別じゃなくても、できることがあるんじゃないかって。……御堂さん、私たち昨日、紗枝ちゃんを連れ戻したんです。……かなりギリギリだったし、結局は力業でしたけど……、紗枝ちゃんは、ちゃんと戻ってきました」

ロンディが紗枝の名前に反応し、ふわりと尻尾を振った。

「だから自信を持ったって意味ではなく、……でも、なにもできないなんてことはないって思ってます。……それに、……また怒られるかもしれないけど、……私が庄之助さんの孫だってことは、変えられない事実で……」

御堂の瞳《ひとみ》が、かすかに揺れる。けれど、御堂はやはりなにも言わず、長い沈黙が流れた。

緊張で次第に呼吸が浅くなる中、自分から踏み込んだのだからなにを言われても仕方がないと、爽良は拳《こぶし》をぎゅっと握る。

そのとき。

「——似てる」

御堂がふと零《こぼ》したのは、どの予想とも違う言葉。

一瞬ドキッとしたけれど、その声色に、爽良を邪険にするような雰囲気はない。

〝似てる〟とはどういう意味だろうと、爽良は自分が口にした言葉を思い返しながら文脈を探る。

しかし、答えを導き出すよりも先に、御堂は唐突に大きな伸びをしたかと思うと、そのまま少し怠《だる》そうに部屋を出て、すれ違いざまに爽良の肩にぽんと触れた。

「……さ、仕事しよっか」

いつも通りの口調が、静かな廊下に響く。

後ろ姿を目で追いながら、爽良は、どうやらすべて流されてしまったらしいと察した。

つまり、爽良に関わってほしくないという意思表示をしたのだと。

心がずっしりと重くなり。これなら責められた方がよほどマシだとすら思った。――しかし。

「……あ、そうだ」

御堂が突如立ち止まり、ゆっくりと振り返った。

そして、爽良が視線を合わせると、目を細めて笑う。

「さっきちらっと視たんだけど、紗枝ちゃん戻ってきてたね。やるじゃん」

「え……？」

それは、まるでついさっきの爽良の報告などなかったかのような言い方だった。

しかし、狼狽《うろた》える爽良を他所に、御堂はさらに言葉を続ける。

「彼女は大人しいけど、かといって完全に心を許さないようにね。豹変《ひょうへん》することなんてザラにあるし、……って、君は身をもって知ってるか」

「あ、あの……」

「このまま穏やかに過ごせばいずれは浮かばれるよ、……あの子なら」

御堂はそう言うと、混乱して固まる爽良を置いてふたたび廊下を進み、やがて下の階に向かって姿を消した。

爽良はしばらく呆然《ぼうぜん》と立ち尽くす。

御堂の口調は、逆に奇妙に思えるくらいに自然だった。さっきの数分間の記憶がすっかり抜け落ちてしまったかのように。

いったい御堂はどうしてしまったのだろうと、爽良の不安がみるみる膨らんでいく。きっと疲れているのだろうと、そんな結論で自分を誤魔化すのは、いくらなんでも無理があった。

唐突に、あれは本当の御堂だろうかと爽良は思う。しかし、それと同時に、本当の御堂とはいったいなんだろうという疑問が浮かんだ。

改めて考えてみれば、爽良は御堂のことをあまりにも知らない。

飄々《ひょうひょう》としているぶん本音がわかり難《にく》く、これまでのことを思い返してみても、御堂が本音を話してくれたと自信を持って言えるのは、母親のことを語ったときのみ。

あのときは、周囲の空気まで震わせる程の強い後悔が伝わってきた。

今さらながら、あれだけのものを抑え込んで日々を過ごすのはどんなに苦しいだろうと爽良は思う。

そして、三〇一号室にあるのは、そんな御堂の真髄に触れる過去。

奇妙な肩透かしを食らったばかりだけれど、やはり、自分もなにか助けになれないだろうかという気持ちを拭《ぬぐ》うことができなかった。

そのとき。

足元に寄り添っていたロンディがふいに立ち上がり、一点を見つめて尻尾《しっぽ》を振った。

周囲に目を向けると、階段のあたりからじっと見つめるスワローと目が合う。

「スワロー……？」

スワローは爽良をじっと見つめた後、ゆっくりとまばたきをした。

なんだか意味深な仕草に、小さな胸騒ぎを覚える。

すると、スワローはくるりと体の向きを変え、それから階下へと階段を下りていった。

付いて来てほしいと言われたような気がして、足を踏み出した爽良の前を、ロンディが先導するように歩く。

階段の前まで来て吹き抜けの下を覗《のぞ》くと、スワローは一階の玄関ホールから爽良をじっと見上げていた。

スワローが爽良になにかを訴えてきたことなど一度もなく、にわかに信じがたかったけれど、どうやら勘違いではないらしいと急いで階段を下りる。

すると、ふたたび動き出したスワローは、東側の廊下を奥まで進み、通用口から外へ消えて行った。

壁も戸も無関係に通過できるスワローがわざわざ通用口を使ったのは、爽良を意識してのことだろう。

いったいどこへ連れて行くつもりなのだろうと不安を覚えながら、爽良はスワローに続いて通用口を出る。

左右を確認すると、今度は裏庭の木陰にスワローの姿を見付けた。

目的地は裏庭の東側にあるらしい。

そう考えた瞬間、足が小さく震えた。

というのも、裏庭の東側といえば、まさに爽良の失態によって御堂を怒らせてしまった因縁の場所。

爽良の中では、あの瞬間にいろいろなことが少しずつずれてしまったような感覚がある。

躊躇《ため ら》っていると、ロンディが爽良を見上げて心配そうにクゥンと鳴いた。

「……大丈夫。行こう」

爽良は一度深呼吸をして気持ちを落ち着かせてから、鬱蒼《うっそう》とした裏庭に足を踏み入れる。

過剰に身構えて臨んだものの、早朝の裏庭は夜とはまるで別の場所のようで、歩いているうちに少しずつ肩の力が抜けた。

木々の隙間から零れる柔らかい朝日が清々《すがすが》しく、心のモヤモヤを浄化してくれるような感覚すら覚える。

不思議な気持ちで足を進めると、間もなく敷地の端の生垣が目に入った。

それは以前、悦子の気配を装い爽良の体を奪おうとした霊を追ってきたときにも見たものだった。

辺りは思っていたよりも明るく開けていて、爽良は思わず立ち止まる。

隣接する家への配慮か、生垣に向かうにつれ木々が少しずつまばらになっていることも明るい理由のひとつだろう。

すっかり緊張を解いた途端に濃い土の香りを感じ、爽良は深く息を吸い込んだ。

同時に、木々の間にぽつんと置かれたガーデンテーブルと、揃いの椅子の存在に気付く。

それは鉄製ですっかり錆《さ》びているが、テーブルの天板と椅子の座面が透かしになっていて、脚は植物の蔦《つた》のようなカーブを描き、デザインへのこだわりが感じられた。

ところどころに残る白い塗料から、爽良はふと、森に真っ白のガーデンセットが並ぶ光景を想像する。

それは外国の風景のようで美しいけれど、ただ、錆びて時を経た姿も、それはそれで悪くなかった。

ただ、気になったのは、それらが木々の間という狭狭《せばせば》しく中途半端な場所に置かれていることと、椅子が一脚しかないこと。

まるで秘密の隠れ場所のようだと爽良は思う。

「庄之助さんが使ってたのかな……」

ひとり言を零《こぼ》すと、ロンディが小さく尻尾を振った。

しかし、気付けばスワローの姿はもうなく、爽良は慌てて周囲を見渡す。

「ロンディ、スワローは……？」

尋ねてみたものの、ロンディも困ったように視線を泳がせていた。

スワローがあまり意味のないことをするとは思えず、爽良はその場に立ち尽くしたまましばらく考え込む。

すると、ふいに、頭上から鳥の囀《さえず》りが聞こえた。

見上げると、高い枝に何羽もの小鳥が止まっていて、透き通るような声を響かせている。

まるで絵本のような風景に、なんだか気持ちが高揚した。

まさか裏庭にこんなにも癒《いや》される場所があるなんてと、信じられない気持ちだった。

ふと、ガーデンセットは集まってくる小鳥たちを眺めるために庄之助が置いたのではないかと想像が膨らむ。

鳥の囀りを聞きながら小さなガーデンセットで寛《くつろ》ぐ庄之助の姿は、あまりに似合いすぎていて、想像するのはとても簡単だった。

爽良はガーデンチェアに座ってみたい衝動に駆られ、座面の落ち葉を丁寧に払い、そっと腰を下ろす。

背もたれに背中を預けると、ちょうど視線の向く方向に小鳥たちがたくさん止まる枝が見え、わざわざこんな中途半端な場所に設置した理由を察した。

ここはこっそり見学するにはベストな位置であり、木々に挟まれているおかげで、気配を潜めることもできるのだと。

そして、そのときふと、枝の上に設置された小さな巣箱の存在に気付く。

木の幹と完全に同化していて気付かなかったけれど、注意深く捜してみれば、それらはいたるところにあった。

いかにも手作りといった雰囲気で可愛らしく、小鳥たちがたびたび出入りする姿が確認できる。

よく見ればすべての巣箱にある丸い窓はすべてガーデンセットの方を向いていて、綿密に計算された配置であることが窺《うかが》えた。

爽良はしばらくぼんやりと座り、鳥たちの姿を眺める。

しかし、すぐにスワローのことを思い出し、慌てて立ち上がった。

驚いた小鳥たちが一斉に飛び立ったけれど、しばらく息を潜めていると、すぐに戻ってきてふたたび囀りはじめる。

どうやら、人に対してさほど強い警戒心を持っていないらしい。

鳳銘館の庭を棲《す》み家とし、こうして庄之助に可愛がられていたのなら当然かもしれないと爽良は思った。

爽良はなるべく音を立てないようにそこから離れると、振り返ってガーデンセットを眺め、もう一度庄之助の姿を想像した。

するとふいに、テーブルの傍の木に設置された巣箱の存在に気付く。

他の巣箱はどれも高い枝に設置されているのに、それだけはやけに低い所にあり、細い枝で申し訳程度に隠れてはいるものの、さすがに小鳥の気配はない。そして、なんだか異様に不恰好《ぶかっこう》だった。

小鳥ともっと近くで触れ合いたいと考えたのだろうかと、爽良はなんとなく気になって巣箱に近寄る。

爽良でも手が届きそうな場所に設置されたそれは、間近で見ると思ったよりも大きくしっかりした造りだった。

ただ、出入口は他すべてに共通している丸い窓ではなく、少し歪《ゆが》んだアーチ形にくり抜かれている。

なにげなく背伸びをして覗き込んでみると、ふいになにかが鈍く光った気がした。どうやら、巣箱の中に金属のようなものが入っているらしい。

「これじゃ、余計に鳥が来ないよね……」

呟《つぶや》くと、足元でロンディが小さく首をかしげた。

普段なら確かめてみようなんて考えもしないけれど、そのときの爽良はなぜだか衝動を止められなかった。

スワローからの意味深な誘いの答えをどこかに求めていたのかもしれない。

幸い、手を伸ばせばなんとか届き、爽良は指先に触れたなにかの端を摑《つか》むと、ゆっくりと引っ張り出した。

一緒に落ちてくる枯葉を避《よ》けながらようやく手にしたそれは、どうやら写真立てらしい。

手のひらサイズと小ぶりだが、フレームは真鍮《しんちゅう》なのかずいぶん重く、表面は黒く変色していて、ガラス面も真っ白に曇っていた。

心臓が、わずかに鼓動を速める。

その写真立てを手にした瞬間から、爽良はどこか予感めいたものを覚えていた。

爽良は衝動に突き動かされるようにそれを裏返し、裏板を固定している留め具に指をかける。

留め具はすっかり錆びてもはや裏板と一体化していたけれど、触れただけで脆《もろ》く崩れ、思ったよりも簡単に開けることができた。

挟まっていたのは、一枚の古い写真。

半分以上が湿気で黒ずんでいるけれど、四、五人が並んで写っていたようなシルエットがかすかに残っている。

そして、傷みの少ない箇所から確認できたのは、幼い少年と、少年を抱き抱える綺麗《きれい》な女性。

さらに、背後に見えるのは特徴的な入母屋《いりもや》造りの建物と、石の灯籠《とうろう》。おそらく、寺だろう。

ふと、――これは御堂の実家、善珠院《ぜんじゅいん》ではないだろうかと爽良は思う。

庄之助は善珠院の住職とずいぶん親交が深かったようだし、日誌にもたびたびその名が登場している。写真を庄之助が持っていたとしてもさほど不思議ではない。

「ってことは……、この子は……」

真っ先に頭に浮かんだのは、御堂。もしそうだとするなら、抱いているのは母親の杏子である可能性が高い。

すべては予想でしかなく、そもそもこの写真をいつ誰がなんのためにここに仕込んだのか想像もつかないが、写真を見ているうちに、自分がこの写真に導かれた意味が必ずあるはずだという思いがじわじわと込み上げてくる。

なんだかとても大切なものを託されたような気がして、心がぎゅっと震えた。

「……スワロー、ちゃんと受け取ったよ」

名を呼ぶが、気配はない。けれど、突如ひんやりとした風が吹き、ロンディが嬉《うれ》しそうに尻尾《しっぽ》を振った。

爽良は写真立てを手に、来た道を戻る。

やるべきことはまだなにもわかっていないけれど、御堂に対してできることが必ずあるという思いは、スワローのお陰で強さを増した。

もしかしたらまた酷《ひど》く傷付くことになるかもしれないという予感はあったけれど、もはや、その覚悟も決まっていた。

＊

後日。

爽良は自分の部屋で初めて揚げ物をしていた。

換気扇が大袈裟《おおげさ》な音を立てる中、フライパンの中では不恰好なドーナツが少しずつきつね色に色付いている。

ドーナツといっても、いわゆる写真映えするようなものではなく、単純な材料を混ぜて揚げただけというごく素朴なものだ。

爽良が作りたかったのは、礼央が〝固くて中がカスカスで、喉《のど》が渇く〟と表現したもの。

料理に関して最低限の知識しかない爽良には、ドーナツの作り方はもちろん、どうやったら礼央が言ったようなものが出来上がるのか見当も付かなかった。

ただ、礼央が食べ物の思い出を語る姿があまりに珍しく、ドーナツのことはずっと心の中に留めていた。

そんな中、なにげなくレシピを検索してみたら意外と簡単そうに思え、思い付きで実行し、今に至る。

結果、とくにいろいろ試行錯誤せずとも、少なくとも見た目に関しては、礼央が「さすがに売り物じゃない」と表現した通りのものが出来上がった。

ひとつ割ってみると外側がカリッとしていて、意外と記憶のものに近いかもしれないと、気持ちが高揚する。

爽良はそれを早速深めの皿に盛り付けると、礼央の部屋へ向かった。しかし、ノックをしても返事はない。

ならばおそらくウッドデッキだろうと、足早に廊下を進んで談話室を覗《のぞ》くと、窓越しに見慣れた背中が見えた。

ガラス戸を開けると、すぐに目が合う。

「礼央、今いい？」

「うん」

礼央の瞳《ひとみ》が意味深に揺れたのは、おそらく「頭の中がまとまったら聞いてほしいことがある」という、前に伝えた言葉を思い出したからだろう。

もちろんそのことも話すつもりでいたし、裏庭で見付けた写真立てもポケットに入っていた。

「あの、話があるんだけど、その前に……」

そう言いながら、爽良は自分の手元に視線を落とす。しかし、皿に積み上がる不恰好なドーナツを見た瞬間、なんだか急に冷静になった。

作っているときは、礼央の記憶に近いものをという目的に夢中になって麻痺《まひ》していたけれど、仮にも手作りのものを人にあげるという行為に、今さらながら恥ずかしさを覚える。

「……あ、これはえっと、……ドーナツなんだけど」

「どしたの。っていうか、それなに？」

急に狼狽《うろた》えはじめた爽良に、礼央は首をかしげた。

「ドーナツ？」

「例の、……固くて見た目がすごいって言ってたやつ……」

言い淀《よど》む爽良に、礼央は小さく首をかしげる。

しかし、爽良の手元のドーナツをまじまじと見つめた後、ふいに目を見開いた。

「まさか、作った？」

「あ、……はい」

もはや後には引けず、爽良はなかば開き直って皿をテーブルに置く。

すると、礼央は広げていたパソコンを畳み、食べ物を前にしているとは思えない表情でドーナツを凝視した。

なんだか居たたまれず、爽良は慌てて皿を手前に寄せる。

「ご、ごめん、酷い出来だよね。勢いで作ってみたけど、冷静になったらとても人に渡せるような見た目じゃな——」

しかし、言い終えないうちに手首を摑まれて阻止され、肩がビクッと跳ねた。

礼央は戸惑う爽良を見上げ、わずかに目を細める。——そして。

「なんだか、一気に昔のことを思い出した」

そのひと言には、すべてが詰まっていた。

「えっと、……似てるってこと？」

「うん。この甘い匂いも懐かしい」

その言葉を聞くと同時に、動揺がスッと収まる。

礼央は椅子の上にあぐらをかき、ドーナツに手を伸ばした。

「食べてもいい？」

「も、もちろん……。味が似てるかどうかはわからないけど……」

礼央はひとつ手に取ると、感触を確かめるようにゆっくりと齧《かじ》る。

そして、固唾《かたず》を吞《の》んで見つめる爽良を他所《よそ》に、ひと口をずいぶん時間をかけて味わいながら、背もたれにそっと脱力した。そして。

「母さんのやつだわ」

零《こぼ》した感想に、胸がぎゅっと締め付けられる。

薄々そうではないかと思っていたけれど、やはり母親の味だったのだと知り、なんだか切ない気持ちになった。

爽良は、礼央の母親のことをよく知らない。

というのも、隣に引っ越してきた時点で、礼央は父親と二人っきりだった。

幼いながらもデリケートな話題であることは察していたし、礼央が自ら話してこない以上、爽良もあえて聞こうとは思わず、今に至る。

「やっぱり、お母さんの手作りだったんだね」

尋ねると、礼央は食べながら小さく頷《うなず》いた。

「大昔の話とか女々しいし、実はドーナツの話した後ちょっと後悔してたんだけど」

「女々しくなんて……」

「でも言ってよかった。全部貰《もら》っていい？」

「……いいけど、すごい量だよ？」

「うん」

甘いものはそんなに得意でないくせに平然と頷く礼央を見て、爽良は作ってよかったと心から思う。

「……でも、結構固いし喉渇かない？」

照れ隠しに尋ねると、礼央は残ったひと口を口に入れ、小さく頷いた。

「そろそろ窒息しそう」

「……いじってるじゃん」

突如、礼央が堪えられないとばかりに笑い声を零し、爽良は驚く。

爽良はその表情につい見入ってしまいながら、礼央がいつになく子供っぽく見えるのは、母親の思い出の味のお陰だろうかと考えていた。

唐突に、礼央と過ごした幼い頃のさまざまな記憶が蘇《よみがえ》ってくる。

しかし。

「それで、爽良の話は?」

礼央の問いかけで、一気に現実に引き戻された。

爽良は慌ててポケットに手を突っ込み、写真立てを取り出す。

「まず、これを見てほしいんだけど……。実はこれ、裏庭の巣箱の中にあって……」

「巣箱?」

「うん。裏庭の木に鳥の巣箱がたくさん設置されてて、その中の一つに。……スワローに案内された先で見付けたから、なにか意味があるんじゃないかって」

礼央は写真立てを手に取り、まじまじと見つめる。そして。

「これ、御堂さん?」

すぐに、爽良と同じ予想をした。

「そうだと思う。……最近御堂さんが思い詰めてる感じがして気になってたから、スワローがなにかヒントをくれたのかも……。御堂さんは三〇一号室の結界のことを気にしてるみたいだし、少しでも過去のことがわかれば救われるキッカケに――」

「爽良」

突如言葉を遮られ、つい説明に熱が籠《こも》りすぎてしまっていたことに気付く。

しかし、礼央はとくに表情を変えず、爽良に写真立てを返した。そして。

「別によくない？　放っておけば」

いかにも興味なげなその声が、たちまち心を冷静にさせた。そして、爽良は今さらながら、二人の相性の悪さを思い出していた。

とはいえ、まさか放っておけばいいなんて言われるとは思わず、爽良は口を噤《つぐ》む。

すると、礼央は突如我に返ったかのように瞳を揺らした。

「いや、ごめん。聞く」

「……でも」

「聞くよ」

「…………」

爽良はなんとなく続きを口にできないまま、礼央の様子を窺《うかが》う。

一方、礼央はすっかりいつも通りの様子で、なにごともなかったかのように言葉を続けた。

「それにしても、半分野ざらし状態で放置されてたにしては、そんなに劣化してないね、その写真。巣箱に置かれたのはそんなに前じゃなさそう」

「え……？」

「少なくとも、年単位じゃないと思う」

「でも、だったら誰がこんな古い写真……」

誰がと口にしながらも、爽良の頭にはすでに庄之助の顔が浮かんでいた。

むしろ、それ以外に考えられなかった。

そして、唐突に、大切なものを見つけてほしいという爽良だけに伝えられた遺言を思い出す。

「庄之助さんの、大切なもの……」

爽良は胸のざわめきに押し出されるかのようにひとり言を零す。

途端に、礼央からの視線が刺さった。そして。

「始まったのかもね、庄之助さんの宝探しが」

その言葉を聞いた瞬間、胸がぎゅっと締め付けられる。

同時に、心のずっと奥の方でなにかが動き出したかのような、小さな不安を覚えた。

番外編

残響とはじまり

「うわー、すっご！　中ってこんな感じだったんだねー！　やば！　それにいかにも出そう！」

それは、紗枝を連れ戻した数日後のこと。

鳳銘館に、礼央の大学時代の先輩が来訪した。

名前は溝口晃《みぞぐちこう》。

晃は、紗枝が攫《さら》われた件で江崎の空き家の情報をくれた上、内見を取り付けるために吉原不動産の担当に話を通してくれた恩人。

その見返りとして、礼央は鳳銘館へ招待することを約束させられていたらしい。

「あまり騒がないでください。一応他にも住人がいるので」

テンションの高い晃を礼央が制するけれど、すっかり夢中の晃にあまり気にする様子はなく、玄関に入った瞬間から目をキラキラと輝かせていた。

晃は根っからの心霊マニアであり、かねて〝幽霊屋敷〟として名高い鳳銘館を訪問することを夢見ていたという。

玄関ホールで出迎えた爽良は、そのあまりのはしゃぎ様にただただ呆気《あっけ》にとられていた。

というのも、初めて目にした晃は、かつて最高峰のフリーエンジニアとして名を馳《は》せていたという噂から想像していた姿とはまったく違っていた。

　もちろん、心霊マニアであるとか、いきなり不動産会社に転職するなどの不思議な経歴を持つ時点で変わり者であるという想定はしていたけれど、そうはいっても礼央と仲が良いのならどこか共通するものがあるだろうと甘く考えていた。

　しかし、実際に目にした晃は、言うなれば無邪気な少年。

　玄関ホールの吹き抜けを見上げたり、ステンドグラスを指差したりしながら表情をコロコロと変え、それを抑える礼央はもはや引率者のようだった。

　晃は玄関だけでひとしきりはしゃぎ倒し、わずかに落ち着いたかと思えば、ようやく爽良の存在に気付いてひときわ目を輝かせる。そして。

「ねえ、まさか君が爽良ちゃん？　礼央くんの幼馴染《おさななじみ》の？」

　一気に距離を詰められ、爽良はビクッと肩を震わせた。

「お、鳳爽良と申します……。空き家の内見の際はお世話に——」

「堅《かた》！」

「え、あの……」

「もっと普通にしてよ。僕、君にずっと会ってみたかったんだ」

「私に、ですか……？　どうして……」

「それはもちろん君が礼央くんの——」

「──溝口さん」

言いかけた言葉を礼央が遮り、晃がいたずらっぽく肩をすくめる。

礼央は戸惑う爽良に申し訳なさそうに「ごめん」と呟《つぶや》き、すでにチェストの方に興味を移している晃を見て溜《た》め息をついた。

礼央が振り回されるという珍しい姿爽良は思わず笑う。

に、なんだか弟みたいだね」

「あんな弟がいたら、とても手に負えないわ」

「そうかな。礼央にはお兄ちゃんの素質があるよ」

「…………」

急に黙った礼央に、爽良は首をかしげる。すると、晃が礼央の背後から顔を出し、にやにやと笑った。

「案内してよ、お兄ちゃん」

その謎に煽《あお》るような言い方には違和感を覚えたけれど、礼央はあくまで表情を変えず、晃を廊下の方へと促す。

「とにかく、ここは声が響くので談話室に」

「アパートに談話室！　なんかちょっと浮世離れし──」

「煩《うるさ》い。早く歩いて」

爽良はそんな二人の後を追いながら、今日は予想外に賑《にぎ》やかな一日になりそうだと、正直、少し高揚していた。

　礼央が友人と一緒にいる姿もまた新鮮で、純粋に楽しい。

　ここしばらくというもの、気が滅入《めい》るような出来事が続いていたぶん、なおさらだった。

　爽良は二人に続いて談話室に入ると、早速紅茶を淹《い》れようとバーカウンターに向かう。

　──しかし。

「待って、爽良ちゃんはここにいて」

　ふいに晃からそう言われ、爽良は足を止めた。

「え……？」

「だって、ここのオーナーなんでしょ？　きっと霊感も鋭いんだよね？　だから、いろいろ話が聞きたいんだけど、駄目？」

「あ……、ですが、そこまでは……。あまり期待されるとがっかりするかも……」

「がっかりなんてしないよ。僕、本当に羨《うらや》ましくて」

「羨ましい、ですか」

「うん。心から」

　まっすぐな目でわかりやすくミーハーな発言をされ、爽良は思わず動揺する。

　ただ、幼い頃から手放したくてたまらなかった霊感を羨ましがられ、普段なら過去の苦労を思い返して卑屈になってしまいそうだったけれど、晃に言われると、なぜだか少しも嫌な気持ちにならなかった。

不思議な人だと、爽良は思う。

晃はソファに腰掛け、爽良を見上げて自分の隣の席をぽんと叩《たた》いた。

戸惑いながらも横に座ると、その正面に礼央が座り、晃は満足そうに口を開く。

「僕、まったく霊感がなくて。でもちょっとでも視えるようになりたかったから、以前はいろんな心霊スポットを回ったんだけど、結局駄目だったんだ。ここまでまったく視えない人も逆に珍しいってよく言われる」

「どうしてそんなに霊感がほしかったんですか……？」

「どうしても会いたい人がいたから」

その、さもなんでもないことのように口にした答えに、心がぎゅっと震えた。

この人は多分ミーハーなんかではないと、ふいに爽良は察する。

事情をなにも聞いていないというのに、不思議と確信があった。

「会いたい人、ですか……」

「うん。もう僕の傍にいないことは少し前に判明しちゃったんだけどね。ま、成仏したならなによりだよ」

「……そんなことが」

「だけどやっぱ、今でも霊感はほしいなー。ほとんどの人に視えないものが視えるって、考えただけでゾクゾクするし」

晃は、まるで趣味のコレクションの話でもしているかのごとく、いたって普通の現象であるかのように霊のことを語る。

それも、ただただ興味があるというよりは、まるで恋焦がれるかのように。

変わり者という感想に変わりはないけれど、次第に爽良は、こんなに視たがっているのだからどうにかならないものだろうかと考えはじめていた。

「気配も感じませんか？　ゾクッてする感じとか」

尋ねると、晃はゆっくりと首を横に振る。

「それが、ないんだよねー。でも、いわゆる霊障ってあるじゃん、気温がいきなり下がったりとか、照明が落ちたりとか。そういうのは何度も経験してるよ」

「霊障は起こるんですね」

「まあ、霊感の強い人と一緒のときだけ」

聞く限り、確かに晃にはまったく霊感がないらしい。

こんなに霊感を望む人間に備わらないなんて、上手《うま》くいかないものだと爽良はしみじみ思った。

「そうですか……、ちなみに、鳳銘館にいてもなにも感じませんか？」

「残念ながら」

「……今も？」

「うん？……うん」

爽良は、部屋の隅からカーテンに隠れて様子を窺《うかが》う紗枝にチラッと視線を向ける。

紗枝は少し特殊であり、姿を現したときの気配は強い方だが、晃になにかを感じ取っているような様子はなかった。

紗枝はこそこそと爽良に近寄って腕にしがみつき、興味深そうに晃を見つめる。その一方通行の視線が、今日はなんだかもどかしい。

「それにしても、噂の鳳銘館でなにも視えないってなると、いよいよもう無理っぽいよね」

「諦《あきら》めますか……？」

「いや、そう簡単に諦められるならここまで拗《こじ》らせてないよ。まぁ視えなくても役には立てるから、いいんだけど」

「役に立てる、っていうのは」

「いや、まあなんていうか、……こっちの話」

晃は背もたれに背中を埋めながら、いたずらっぽく笑う。

詮索《せんさく》する気はないけれど、なんだか少し気になる表情だった。

「あの……、私、基本的には霊感なんてない方がいいって思ってるんですけど……」

「うん」

「今はそれは一旦《いったん》置いて、……とりあえず、捜してみますか……？」

「……うん？」

つい口を突いて出たのは、自分自身でも意外な提案。

晃は目を丸くし、ガバッと姿勢を起こす。

「捜すって、霊を？」

「はい。気配が多いところを歩いてみたらどうかと……」

「え、いいの……？」

「だ、だって、そのために鳳銘館にいらっしゃったんですよね……？」

「そうだけど、……僕の周りにいる霊感のある人たちは、絶対にそんな提案をくれないからさ……。呆《あき》れられて全力で止められたことなら何度もあるけど、逆に捜そうだなんて、爽良ちゃんって見た目に反して結構アグレッシブだよね」

そう言われてみると、確かに常識外れな提案だと爽良は実感した。

急に冷静になり、後悔すら込み上げてくる。

「す、すみません、やっぱりなかったことに……」

「無理無理、行こうよ！　今すぐ行こ！」

「え、でもさっきアグレッシブとか」

「それは揶揄《やゆ》したんじゃなくて褒め言葉だよ。嬉《うれ》しかったんだ」

「はい……？」

「なんか、君のこと一気に好きになっちゃった。連れて行ってよ、霊がいそうなとこ」

「………」

出会った瞬間から感じていたことだけれど、晃はあまりに人懐っこく、ときどき反応に戸惑ってしまう。

「で、どこ？　上の階？　庭？」

しかし、晃は爽良の反応など気に留める様子もなく、早速立ち上がった。

この切り替えの速さとこっちの顔色をいっさい窺おうとしないところは、ある意味気楽でもあった。

そのお陰か、紗枝に見つめられながらもキョロキョロと霊を捜す晃の姿を、少し可愛いと思ってしまうくらいには余裕が生まれている。

一方、晃は落ち着きなく廊下に出ると、窓の外を眺めた。

「うわ、この裏庭めちゃくちゃいい感じ……！　定点カメラをセットしたらいろいろ映りそう……」

「カメラは駄目です……！」

さすがに聞き流せない言葉が聞こえ、爽良は慌てて立ち上がる。

そんな落ち着きのない二人を他所《よそ》に、礼央はすっかり達観した様子で溜《た》め息をついた。

「爽良、大丈夫だよ。どうせ本気で言ってないから」

「そうなの……？」

「うん。ああ見えて常識人だし」

そのひと言から、礼央が晃に向ける信頼の深さが窺えた。

ほっと息をつくと、礼央は少し心配そうに爽良を見つめる。

「大丈夫？　疲れない？」

どうやら、晃を連れてきたことを申し訳なく思っているらしい。

爽良は慌てて首を横に振った。

「そんな、大丈夫だよ。これがお礼になるなら私も嬉しいし、それに、溝口さんって全然出会ったことがないタイプなのに不思議と緊張しなくて。私、結構コミュ障なのに」

「あの人、あえて空気を読まないっていう空気の読み方するから」

「ん……？　どういう意味……？」

「好きに振り回しているように見えて、意外と計算してるっていうか」

言い方は難しいけれど、なんとなくわかる気がした。

そして、礼央は晃のことをずいぶん理解しているらしい。

二人は真逆のタイプに見えるけれど、案外バランスがいいのかもしれないと、爽良は二人の仲のよさに密《ひそ》かに納得していた。

「ねえ聞いてる？　裏庭の先ってなにがあんの？　てか広くない？」

「あ、……すみません、行きましょう、裏庭」

晃に急《せ》かされ、爽良は廊下に出ると通用口へと案内し、裏庭へ向かう。

晃は、少し前までの爽良にとってただ不気味でしかなかった裏庭を、まるで初めて遊園地を訪れた子供のように高揚した様子で歩いた。

「あ、池があるじゃん！　水場ってやばいって言うよね。なんか視たことある？」

「そ、それは、えっと……」

「あるんだ？　うわー、まじでいっぱい出るんだね」

晃には、特別な解説はいらなかった。

散々心霊スポットを回ったと言っていただけあって、雰囲気さえ味わえれば想像で賄えるらしい。

まったく視えないなら霊に対して懐疑的になりそうなものだが、むしろ爽良よりもずっと受け入れている。

やがて、裏庭の端の生垣まで歩くと、晃は振り返って周囲を見渡し、気持ちよさそうに深呼吸をした。

「この裏庭って、そこらの公園より広いよね。霊のことを抜きにしても、こんなところに住んだら癒《いや》し効果が凄《すご》そう」

「それは、確かにそうかもしれません」

爽良は頷《うなず》きながら、濃密な木々や土の香りを胸いっぱいに吸い込む。

まだ夏の名残を残す陽の光も枝に阻まれて柔らかく届き、冷えた森の空気と相まってちょうどいい心地だった。

「いいところだね。霊感さえあれば僕も住めるのに」

そう残念そうに呟《つぶや》く晃の周囲には、小さな気配がチラホラと集まりはじめていた。

近くにいることを教えてあげようかとも思ったけれど、逆にもどかしい思いをさせてしまう気がして、爽良は躊躇《ためら》う。しかし。

「溝口さんの周り、いっぱいいますよ」

意外にも、礼央がそう伝えた。

「……え、嘘、どんなの？」

「どんなのか表現し難いくらい、小さな気配です。動物かも。……五体くらい」

「まじか、やば……。僕が騒いだから驚いたのかな。ごめんね……？」

気配に語りかける晃を、礼央が小さく笑う。

ただ、そのときの爽良は、さらりと口にした礼央の発言に驚いていた。

礼央の鋭さはもう認めざるを得ないが、ごく小さな気配を前にして、その数や正体までわかるとなると、想像をはるかに超えている。

まるで野生の小動物でも見つけたかのように穏やかに語る礼央を見ていると、礼央の目にはこの裏庭がいったいどんなふうに映っているのだろうと、途端に興味が湧いた。

そのとき。

「――ねえねえ、さっき言ってた、〝基本的に〟ってどういう意味？」

ふいの問いかけに、ぼんやり考え込んでいた爽良は途端に我に返る。

「え……？」

「言ってたじゃん、基本的に霊感なんてない方がいいと思ってるって」

そう言われ、爽良はついさっき自分が口にした言葉を思い出した。

ただ、晃から向けられる興味津々な視線に応《こた》えられるような気がせず、爽良は苦笑いを浮かべる。

「基本的にって言ったのは半分無意識ですけど、……ただ」

「ただ？」

「視えることで、役に立てたこともあったので……」

言いながら次々と頭を巡るのは、鳳銘館へ来て経験した数々の出来事。

紗枝との出会いはもちろん、亡くなってもなお父親の遺品を捜し続けた長谷川の手助けをしたり、母親が星になったと信じて屋根裏に星空を作った悠真《ゆうま》と語ったり、手探りながらも、爽良は自分にできることを必死でしてきた。

そしてそれらは、蓋《ふた》をした過去に向き合うきっかけにもなった。

「……そっか。なんかいいね、そういうの」

晃は思いの外、満足そうに笑う。

爽良はなんだか照れくさくなって、思わず歩調を速めた。

「つ、次は表側の庭に行きましょう……」

「了解！　ってか、建物の中は？　上の階とか上がっちゃ駄目？」

「それはえっと……、もう少し後でいいですか……？」

「ん？……うん、もちろん」

言葉を濁した理由は他でもなく、爽良の頭を過《よぎ》っていた御堂の存在。

鳳銘館に知人を呼んではいけない決まりなどないが、あからさまに霊を捜している場面を見られたくはなく、できれば鉢合わせしないようにと考えていた。

ちなみに、御堂は今部屋にいる。そして、普段通りなら間もなく昼食を買いに出掛ける時間だ。

もし上階を見せるならその隙にと考えながら、爽良はふと建物を見上げる。――そのとき。

「っ……」

唐突に、背筋がゾクッと冷えた。

爽良が感じたのは、不穏な視線。

明らかに建物の方から向けられているが、すぐに場所が特定できる程強い気配ではない。

とはいえ、裏庭で遭遇した小さな浮遊霊たちとは明らかに格が違っていた。

すると、礼央がそっと爽良の横に立ち、建物の右端の窓を指差す。

「爽良。二階の一番右」

「え……？」

「こっち見てる」

そう言われ、二階の右端にあたる二〇八号室の前の窓に視線を向けると、確かにその周囲だけが不自然に暗い。

わずかに開いた窓から見える廊下の風景はどんよりと澱《よど》んでいて、たちまち緊張が込み上げてくる。

「ときどき見かける奴かも。そこまでやばい感じはしないけど、放っておいたらそのうち面倒なことしそう」

爽良にとってはただ不穏な気配でしかないが、どうやら礼央には識別できているらしい。

そのうち面倒なことをしそうという言葉に、背筋がゾクッと冷えた。

一方、爽良たちの様子を窺《うかが》っていた晃は、キラキラと目を輝かせる。

「え、なになに、なんか見付けた？」

礼央はあくまで冷静を装いながら、曖昧《あいまい》に頷いた。

「見付けたというか、出てきたというか。……多分、あまり近寄らない方がいい部類です」

「え、やばいやつってこと？　撮っていい？」

返事も待たずに携帯のカメラを起動させる晃を、すぐに礼央が制する。

「駄目です。そんなものを公開して溝口さんみたいなマニアが集まってくると迷惑ですし」

「遠回しに僕のこと迷惑だって言ってない？」

「遠回しには言ってないです」

「うける」

遠慮のない礼央の言葉を、晃はむしろ嬉《うれ》しそうに笑い飛ばす。

こんな状況だけれど、気兼ねのない二人の関係性を、爽良は少し羨《うらや》ましく感じた。

考えてみれば、爽良と礼央の方がずっと付き合いが長いのに、礼央からあんなにハッキリと意見されたことなんてない。

当の晃はといえば、あれだけはっきりと断られてもなお折れず、さらに食い下がった。

「えー、頼むよ、お願い。撮っても公開しないし、ただの個人的なコレクションにするから」

「でも、アレはあまり刺激しない方が」

「遠くから撮るだけだよ？」

「カメラには割と敏感に反応するので」

「……ばれた。ってかそんなことも知ってんの？」

爽良には、二人の会話があまり理解できなかった。しかし間には入れず、戸惑いながら様子を窺う。

すると、晃は渋々携帯をポケットに仕舞った。

「じゃー撮影は諦《あきら》める。……けど、もう少し近くから見てもいい？」

「だから――」

「いいじゃん！　あの階段のとこからチラッと。ね、爽良ちゃん」

いきなり矛先を向けられ、爽良は動揺する。ただ、さっきから遠慮なく意見を言う礼央もはっきりと断っていないし、爽良は、遠くから見るだけなら少しくらいはと考えはじめていた。

晃もここへ招待された時点でそれなりに期待していただろうし、なにより大きな恩がある。

「あまり近寄らないなら……」

そう言うと、晃は表情をパッと明るくし、爽良の両肩を掴《つか》んだ。

「さすが、話がわかる！」

「す、少しだけ、ですよ」

「もちろん！」

「あ、あの、近……」

どうやら、晃は人との距離感がかなり近いらしい。むしろそっちに戸惑っていると、礼央が晃の額に手をかけ雑に引き剝《は》がした。

「行くなら急がないと消えますよ」

「ちょっ……、待っ、首……！」

礼央は晃の腕を掴み、なかば連行するかのように強引に建物へと引っ張る。

爽良は首を押さえる晃を心配しつつも、ほっと胸を撫《な》で下ろした。

やがて建物へ戻ると、爽良たちは二階に上がり、壁に隠れてこっそりと廊下の奥の様子を窺う。

ただ、気配は一応感じるものの、もはや集中しなければ気付かない程度まで弱くなっていた。

「どう？　まだいる？」

「かなり弱いですけど、一応……」

「確かに、二階に来てからちょっとだけ空気が冷たいよね」

正直、そのときの爽良は、すっかり弱くなった霊の気配よりむしろ、三階から御堂が現れないだろうかと、そっちばかりが気になっていた。

できれば早くここを離れたいけれど、晃が霊障を認識している以上、下手な嘘で誤魔化すことはできない。

気配は二〇七号室と二〇八号室の間をゆらゆらと漂っていて、弱いといえど、待てば消えてしまう程曖昧なものでもなかった。

裏庭から視たときはなんだか不穏な感じがしたけれど、今は同じ霊かどうか疑わしい程に存在感がない。

そのせいもあり、爽良はよりいっそう三階からの足音に集中していた。

しかし、そのとき。

突如、キィと小さな音が響き、二〇八号室の戸がゆっくりと開く。

同時に、漂っていた気配がするりと部屋の中へと吸い込まれた。

現在、二〇八号室は空室。施錠しているはずなのにと、爽良の心に緊張が走る。

「み、見た？　今勝手に開いたよね……！」

晃が嬉しそうに声を弾ませ、礼央が唇の前で人差し指を立てた。

その表情からは、さっきまでと違いわずかな緊張が窺える。

「……溝口さん、やっぱりあの霊に構うのはやめましょう」

嫌な予感がしたのか、礼央は晃にそう伝えた。

すると、晃は残念そうな表情を浮かべながらも小さく頷《うなず》く。——しかし。

「……ごめん」

「は？」

「もうちょっとだけ！」

そう言ったかと思うと、いたずらっぽい笑みを浮かべて礼央を思いきり背後に押し退《の》け、そのまま廊下に飛び出し二〇八号室へ向かった。

「待っ、溝口さん……！」

爽良は慌てて後を追うが、晃は素早くとても追い付けない。

そして、晃は躊躇《ためら》いもせずに二〇八号室の中に入って行き、爽良は躊躇う間もなくその後に続いた。

部屋の中に足を踏み入れるやいなや、ひときわ冷たい空気に包まれ、不安が一気に膨らむ。

けれど、すぐに聞こえてきた礼央の足音で、爽良は落ち着きを取り戻した。――しかし。

その瞬間、バタンと重い音を響かせて、戸が閉まった。

慌ててドアノブを摑んだけれど、ビクともしない。

「嘘……」

恐怖がじわじわと込み上げ、声が震えた。

「爽良！」

廊下から、礼央の声が響く。

「礼央……、戸が開かない……！」

「離れてて。壊すから」

「だ、駄目だよ、礼央が怪我したら……！」

「今そういうどうでもいいこと言わないで」

声はあくまで落ち着いているけれど、口調は速く、焦りを隠しきれていない。

礼央はいつもこうだと、ふと思った。自分のことは二の次で、いつだって爽良のことばかりを気にかけてくれている。

その、背中を守られているような大きな安心感から、爽良はわずかに冷静さを取り戻した。

「待って礼央、今のところ他にはなにも起きてないから、もう少し様子を……」

言いながら、ふと頭を過《よぎ》ったのは晃のこと。

霊障に当てられていないだろうかと、爽良は不安になって部屋を確認する。

すると、ダイニングの奥の部屋に、ぼんやりと佇《たたず》む晃の姿があった。

ついさっきまで子供のようにはしゃいでいたのに、その表情はどこか寂しげで、なんだか胸が締め付けられる。しかし。

「溝口さん……？」

声をかけた途端、晃はすぐに笑みを戻した。

「ごめんごめん、つい衝動が抑えられなくなっちゃって」

さっきまでの寂しげな様子が嘘のような豹変《ひょうへん》ぶりに戸惑ったものの、さすがに、それをそのまま受け入れられる程、爽良は鈍感にはなれなかった。

「もしかして、……会いたかった人を捜してました……？」

どうしてそんなことを思ったのか、爽良自身にもよくわからない。

まるで、感情が頭で処理されないまま勝手に口から零《こぼ》れるような感覚だった。

晃は笑みを崩さず、首をかしげる。

「さっき言ったじゃん、もう傍にいないって。僕が一番信用してる子がそう教えてくれたんだから、疑ってないよ」

「でも、……なんだか」

寂しそうだった、と。笑みを繕う晃を前にして、続きは言えなかった。

もどかしくてつい見つめると、晃は小さく笑い声を零す。

「……なんか、ちょっとわかるなー」

「え？」

「他人には断固心を開かない奴が、君だけにガバガバになっちゃう理由が」

「はい……？」

ポカンとする爽良に、晃はさらに笑みを深めた。そして。

「ちなみに、さっきの話の続きだけど……、もう捜してないってのは本当だよ。だけど、正直に白状すると、ちょっと思い出してたかも。……昔、好きな子と心霊ツアーやったなぁって」

「好きな子、って」

「〝会いたい人〟のこと。……礼央くんには内緒ね。恥ずかしいから」

晃という人間はどこか本心が見え辛《づら》いけれど、この言葉はきっと本音だろうと爽良は思う。

なんて声をかけたらいいかわからず戸惑っていると、ふいに晃が爽良の肩にぽんと触れた。

「さて。……礼央くんが戸を蹴《け》破《やぶ》る前に出なきゃね。そうなると、弁償すんのは百パー僕だし」

「あ……！」

そう言われ、爽良はふたたび戸に駆け寄る。

しかし、ドアノブを摑《つか》んでみても、相変わらず回りそうな気配はなかった。

しかし、そのとき晃が唐突にポケットから長方形の紙を取り出し、爽良に差し出す。

「そうだ、これ使ってみて」

渡されるまま手に取ったものの、それは表面に筆文字や謎の記号が書かれた、あまり馴染《なじ》みのないものだった。

「なんですか、これ……」

「お札」

「お札……？」

「同僚から、持って行けって無理やり渡されたの。これ越しにノブに触れれば、多分回ると思う。そうやってるところよく見るし」

「は……？　というか、同僚の方も心霊マニアなんですか……？」

「えっと、……まあ、うん。そんな感じ。とにかく、そんな胡散《うさん》臭い顔してないで試してみなって」

苦笑いを浮かべる晃に首を傾げながらも、正直、爽良はそれを手にした瞬間から異変に気付いていた。

明らかに、爽良の周囲の霊障が弱まっていると。

冷えていたはずの空気は緩み、もはや、霊の気配すらよくわからない。

「なんか……、気配が……」

「多分、それを持ってる間だけだと思う。僕にはよくわかんないけど」

「……そんなことって」

理屈はまったくわからないが、聞いたところで理解できる気もせず、爽良はひとまず言われた通りにお札越しにドアノブを摑む。

すると、驚く程無抵抗に回り、戸はキィと音を立ててあっさりと開いた。――瞬間、礼央が隙間に手を差し込み、勢いよく開け放つ。

「わっ……」

ドアノブを摑んでいた爽良はバランスを崩したものの、すぐに礼央に抱き止められた。

そして。

「……いい加減にしてください」

頭上から、怒りの滲《にじ》んだ声が響く。

「ごめん、まじでごめん。心から反省してる」

さすがの晃もまずいと思ったのだろう、これまでになく焦った様子で必死に謝っていた。

爽良は慌てて姿勢を起こし、二人の間に割って入る。

「礼央、大丈夫だよ……、気配は思ったより弱かったし、危険なことはなにも起きてないから……」

「起こってからじゃ遅い。溝口さん、ふざけすぎです」

「本当にその通りだし、まじで返す言葉がない。……ちょっと魔が差しちゃって。もう絶対にしない」

「……とりあえず、談話室に戻ります」

礼央はそう言うと、踵《きびす》を返して階段に向かった。

珍しく、まだ怒り足りないといった様子だったけれど、爽良の頭に過っていたのは、晃がさっき見せた寂しげな様子。

詳しくは話してくれないけれど、もしかしたら、晃はここで再会することに一縷《いちる》の望みを託していたのではないかと思えてならなかった。

ただ、秘密だと言われた以上礼央にそのことを伝えるわけにはいかず、つまり、礼央にとって晃のしたことはただの悪ふざけでしかない。

それが、爽良には酷《ひど》くもどかしかった。

少し後ろを歩く晃を見上げると、晃はすっかり元通りの様子で首をかしげる。

おそらく、誤解を受けることをなんとも思っていないのだろう。

「……溝口さんって、どうして不動産会社に就職したんですか？」

思わずそんな質問を口にしてしまったのは、純粋な興味からだった。

晃はどこか不思議で掴み難いけれど、実は適当に見える行動すべてに深い理由を持っているのではないかと思えて、つい本質を知りたくなってしまう。

しかし。

「うーん。……安定？」

ある意味予想通りと言うべきか、晃はもはや使い古しているであろう短い説明をさらりと口にした。

首をかしげる素振りがあまりにしらじらしく、爽良は思わず笑う。

「なるほど……」

「めちゃくちゃ疑ってるじゃん」

「そんなこと。疑っても意味がないですし。確かに安定は大事です」

「そんなに突き放されたら寂しいんですけど」

大袈裟《おおげさ》に不満げな顔をする晃が、なんだか可笑《おか》しい。

ふと、礼央以外の人間と、こんなにリラックスして話せたことがあるだろうかと考えている自分がいた。

「突き放したつもりは……」

「――っていうか」

「……はい？」

「安定も別に嘘じゃないよ。ただ、事情を話しはじめると結構長いんだ。だから、それはまた僕がここに来たときにゆっくり話すね」

「またここに来たとき、ですか」

「やっぱそこ引っかかった？……僕の同僚ならあっさり騙《だま》されてくれるんだけど、無理だったか。残念」

晃はそう言って楽しそうに笑い飛ばす。

ただ、本当の気持ちも、目に見えるものすらひたすら隠して生きてきた爽良には、晃の表情の奥に潜む本音が、ほんの少しだけ透けて見えるような気がした。

「……じゃあ、そのときに聞かせてください」

なかば衝動任せにそう答えると、晃は一瞬真顔に戻り、それから目を細めて笑う。

「了解」

その、嘘も誤魔化しもない短い返事に、爽良は小さく頷《うなず》き返した。

談話室に戻ると、爽良は今度こそ飲み物を用意しようとバーカウンターへ向かう。

しかし、今日に限って茶葉もコーヒーも切らしていて、冷蔵庫を開けてもなにも入っていなかった。

「買い出しするの忘れてた……」

爽良はここ最近のバタバタした日々を思い返し、頭を抱える。

すると、すぐに礼央が立ち上がった。

「部屋にコーヒーがあるから持ってくる」

「本当？　お願いしていい……？」

「インスタントだけどいいよね。溝口さんだし」

「そ、そんな……」

あまりに遠慮のない言い方に慌てたものの、晃は楽しそうに笑っている。

気の置けない間柄とはこういうことを言うのだろうかと考えながら、爽良はソファに座った。

「溝口さん……、今日はお礼のつもりだったのに結局なにも視せてあげられなくて、なんだかすみません……」

二人になって改めて詫《わ》びると、晃は目を丸くする。

「いやいや、君が謝ることじゃないでしょ……。それに、僕は結構満足してるよ。霊に閉じ込められたのもなかなか貴重な体験だったし、なにより噂の爽良ちゃんにも会えたしね」

「噂……？」

そのときふと思い出したのは、晃が出会い頭に口にしていた、「ずっと会ってみたかった」という言葉。

あのときは礼央に遮られ、そのまま忘れてしまっていたけれど、つまり晃は爽良の存在を前から知っていたということになる。

今になって気になりはじめた爽良に、晃は意味深な表情を浮かべた。

「そう、噂」

「えっと……、それって、礼央が私のことを話してたってことですか……？」

「いや、礼央くんからは幼馴染《おさななじみ》がいるってことくらいしか聞いてないよ。あまり自分のことは話さないし。……だから噂っていうのは礼央くん発じゃなくて、いわゆる、礼央くんと密な関係の……」

晃は続きをやけに勿体《もったい》ぶりながら、ニヤニヤと笑う。

しかし、ポカンとしながら首をかしげる爽良の様子に、やがてがっくりと肩を落とした。

「手応《てごた》えなし？　鈍そうだとは思ってたけど、そんなに……？」

「え……？」

「いや……、まあぶっちゃけると、礼央くんの元カノがね、別れたときにボヤいてたんだよ」

「元カノ……」

ほんの一瞬、心が小さく揺れた気がした。

しかし、その理由を突き詰める間もなく、晃はさらに続ける。

「僕はたまたま聞いちゃっただけだけど。……〝礼央には他に本命がいるっぽい〟って言ってて」

「他に本命、ですか」

「そう。本命」

晃はさも楽しげに強調するけれど、残念ながら爽良にはその意図がまったくわからなかった。

「あの、それと私の噂とどう関係が……」

「は？」

「私、礼央の本命なんて聞いたことないですし……」

「いや……、え、本気で言ってる……？」

晃は明らかに引いているが、爽良はただ戸惑っていた。

噂に元カノに本命にと、一気に入ってきた礼央の情報が、処理できないまま心の中に渋滞している。

ふと、過去に何度か見かけた、かつての礼央の彼女らしき女性たちの姿が頭を過《よぎ》った。

「まあ、だけど……、そっか、礼央に本命が……」

「あの……、爽良ちゃん？」

「なんとなく、誰とも長続きしてない感じはしてましたけど、そうだったんですね……。礼央って冷静だから一見冷たく見えるけど、本当はすごく優しいってこと、本命の女性にちゃんと伝わっていればいいですが……」

「……駄目だ、これは」

自分の感情が、よくわからなかった。

淡々と喋《しゃべ》りながら心の中で燻《くすぶ》りはじめたものも、小波《さざなみ》のような疼《うず》きの名前も、爽良は知らない。

わかりやすく持て余してしまっている爽良を見ながら、晃が呆《あき》れたようにため息をついた。

「ってかさ、ひとつ気になってたんだけど、礼央くんのどこが冷静なの？」

「どこが、って」

「今日だって全然余裕ないじゃん」

「礼央がですか？」

考えもしなかった言葉に、爽良は目を丸くする。

「それもわかんないんだ？　不憫《ふびん》すぎ……」

「溝口さん、わかるように教えてくださ――」

「じゃあ、爽良ちゃんにもわかるくらい焦らせてみる？」

その瞬間、いきなり晃の顔がぐっと迫り、爽良の頭は真っ白になった。

晃と爽良の間の距離は、ほんの十センチ程。晃は混乱して身動きひとつ取れない爽良を間近で見つめ、意味深にニヤリと笑う。――そのとき。

「悪ふざけするなら、追い出しますよ」

突如、礼央の低い声が響き、晃が爽良からパッと離れた。

「違うって。目に埃《ほこり》が入ったって言うから」

「……爽良、本当？」

「え、……っと、……うん」

戸惑いながらも晃に合わせると、礼央は晃に訝《いぶか》しげな視線を向けたものの、なにも言わずバーカウンターに向かいケトルをセットした。

「……ほら。焦ってたでしょ？」

晃に楽しげに耳打ちされ、ドクンと心臓が跳ねる。

「さっきのは、誰だって驚きますよ……」

「いや、礼央くんなら、君以外だったら誰がどんなにいかがわしいことをしていても驚かない」

「さすがに礼央のこと誤解してます……」

礼央はいったい周囲からどう見られているのだろうと、なんだか不安を覚えた。

しかし、晃はいたって真面目に続きを口にする。

「誤解なんてしてないってば。彼にとって、この世のほとんどのことはどうでもいいんだから。……その分、執着するものに対しての熱量は異常だけど」

「執着するもの……？」

「……いや、さすがにとぼけすぎ。ってか、本当はわかってるんでしょ？　礼央くんのことなら、君が絶対に一番詳しいんだし」

当たり前のようにそう言われ、ふいに心が締め付けられた。

確かに礼央とは幼い頃から一緒に育ってきたけれど、大人になってからは、知らないことの方がずっと多い。

「そんなことないです……。むしろ、付き合ってた人たちの方がずっと……」

そう口にした途端、唐突に、さっきから止まる気配のない疼きの理由がわかった気がした。

本当は、突如耳にした〝本命〟という言葉に酷《ひど》く動揺しているのだと。

いつまでもこのままでいられないと、普段から自分自身にしつこいくらい言い聞かせていたはずなのに、いきなり迫った別れの予感に見事に怯《おび》えてしまっている。

あまり気付きたくなかった事実だと、爽良は思った。

すっかり黙り込んでしまった爽良に、晃はわかりやすく動揺を見せる。

「あれ……？　なんかごめん……。想像してた反応と違った……」

「え……？」

「いや……、ただちょっと焚《た》き付けたかっただけなのに、そこまで拗《こじ》らせてるとは思わず。……なんか、変に刺激しても逆効果な気がしてきた」

「あの、なんの話でしょうか……」

「僕の周囲の人間は全員壊滅的に鈍いんだけど、君は群を抜いてたわ」

「鈍いって、どのへんが……」

「いや、まさにそのへんが」

逆に感心したように言われ、爽良はなんだか酷い疲労感を覚える。

結局、晃はきっとなにかを誤解しているのだと結論付けることで、無理やり心を落ち着かせるしかなかった。

やがてコーヒーを手に礼央が戻り、さっきまでのことはすべてなかったかのような平和な会話が繰り広げられる。

爽良はほっと胸を撫《な》で下ろし、背もたれにぐったりと体重を預けた。


「――ごめんね、あの人変わってるから」

晃が帰った後、爽良たちはとくに申し合わせるでもなく談話室に戻り、二杯目のコーヒーを淹《い》れた。

謝る礼央に、爽良は首を横に振る。

「ううん、……確かにちょっと変わってるけど、でも楽しかったよ」

「そう？」

「うん。なんだかずっと前から知ってる人みたい」

「そっか。よかった」

礼央はそう言い、安心したように頷《うなず》いた。

その表情も声色も、いつもと変わらない。

爽良はふと、今日一日のことを思い返す。

礼央が晃に見せる顔は、爽良にとって新鮮だった。

大きく違うわけではないけれど、慌てたり怒ったりと振り回されながらも、どこか楽しそうな印象を受けた。

「本当に仲良しなんだね、溝口さんと」

つい思ったままを呟《つぶや》いた爽良に、礼央は眉《まゆ》を顰《ひそ》める。

「別に普通だよ」

「そうかな。礼央も言いたい放題だったし」

「あの人は本当におかしいから」

礼央がうんざりした表情を浮かべ、爽良は思わず笑った。

「そういえば、よく笑ってたね」

「今日?……楽しかったから、そうかも」

「あんなに迷惑かけられたのに」

そう言われた瞬間、ふと二〇八号室での晃の様子を思い出した。

「あ……、でもあれは、ちょっと誤解があって……」

言いかけたものの、爽良は慌てて口を噤《つぐ》む。あのときの話は、秘密にしなければいけなかったと。

しかし、誤魔化すのがあまりにも不得意な爽良は、言葉を中途半端に途切れさせたまま目を泳がせる。

すると、礼央はマグカップを置き、爽良をまっすぐに見つめた。

「……別に、誤解なんてしてないよ」

思わぬ言葉に、心臓がドクンと大きな鼓動を打つ。

「え……？」

「してない」

繰り返された呟きが、胸をぎゅっと震わせた。

爽良はその深い色の瞳《ひとみ》を見ながら、――もしかすると、礼央は晃の思いのすべてを察し、その上で招待したのではないかと頭を過った。

礼央と晃とはそれなりに付き合いが長く、ただでさえ聡《さと》い礼央ならそうであっても不思議ではないと。

「……そ、そっか。……礼央ってすごいね、なんでもわかるっていうか……」

礼央はどこまで見抜けるのだろうと考えた瞬間、動揺して思わず目が泳いだ。

なぜこんなに心が騒がしいのか、爽良自身にもよくわからない。

爽良はひとまず礼央から視線を外し、ゆっくりと呼吸を整える。

「……やっぱり、礼央はお兄ちゃんの素質があるよ。溝口さんもそれをわかっててて甘えてる気がする。……って言っても、一番面倒をかけてるのは私なんだけど――」

そのとき、カタンと音を立てて礼央が立ち上がった。

驚いて見上げると、礼央は爽良の飲み終えたマグカップを手に取る。

「あ、ありが、とう……」

片付けてくれようとしただけなのに大袈裟《おおげさ》に反応してしまったと、爽良は自分の肝の小ささに呆《あき》れた。――しかし。

「兄貴の素質なんていらないんだけど」

唐突な呟きに、ふたたび動揺が蘇《よみがえ》ってくる。

「え……？」

「世界一いらないわ」

「あの、礼央……？」

「……うざ」

「なん――」

突然の暴言に抗議しかけたものの、――結果的に、そんな隙は与えられなかった。

礼央はマグカップを手にキッチンに向かいながら、まるでついでのように爽良の頭をそっと引き寄せる。――瞬間、かすかに前髪越しに礼央の唇が触れた。

硬直する爽良を他所《よそ》に、礼央はあっさりと離れてバーカウンターへ向かい、なにごともなかったかのように洗い物を始める。

「………」

額には、礼央の体温が長い余韻を残していた。

頭の中は真っ白で身動きひとつ取れない中、心臓だけが爆発しそうな程の鼓動を鳴らしている。
今のは、どういう意味なのだろう、と。
知りたいのに、尋ねることはできない。
心の奥の方では、知らない感情がじりじりと音を立て、存在を主張している。
もしこれが膨らんでしまったら、手に負えないかもしれない、と。
本能的に、そう感じている自分がいた。

本書は書き下ろしです。この作品はフィクションであり、登場する人物・地名・団体等は実在のものとは一切関係ありません。

大《たい》正《しょう》幽《ゆう》霊《れい》アパート鳳《ほう》銘《めい》館《かん》の新《しん》米《まい》管《かん》理《り》人《にん》3

竹《たけ》村《むら》優《ゆ》希《き》

令和4年 4月25日 初版発行

発行者●青柳昌行

発行●株式会社KADOKAWA
〒102-8177 東京都千代田区富士見2-13-3
電話 0570-002-301(ナビダイヤル)

角川文庫 23155

印刷所●株式会社暁印刷
製本所●本間製本株式会社

表紙画●和田三造

●お問い合わせ
https://www.kadokawa.co.jp/ (「お問い合わせ」へお進みください)
※内容によっては、お答えできない場合があります。
※サポートは日本国内のみとさせていただきます。
※Japanese text only

ISBN 978-4-04-112396-6 C0193

◇◇◇

角川文庫発刊に際して

角川源義

第二次世界大戦の敗北は、軍事力の敗北であった以上に、私たちの若い文化力の敗退であった。私たちの文化が戦争に対して如何に無力であり、単なるあだ花に過ぎなかったかを、私たちは身を以て体験し痛感した。西洋近代文化の摂取にとって、明治以後八十年の歳月は決して短かすぎたとは言えない。にもかかわらず、近代文化の伝統を確立し、自由な批判と柔軟な良識に富む文化層として自らを形成することに私たちは失敗して来た。そしてこれは、各層への文化の普及滲透を任務とする出版人の責任でもあった。

一九四五年以来、私たちは再び振出しに戻り、第一歩から踏み出すことを余儀なくされた。これは大きな不幸ではあるが、反面、これまでの混沌・未熟・歪曲の中にあった我が国の文化に秩序と確たる基礎を齎らすためには絶好の機会でもある。角川書店は、このような祖国の文化的危機にあたり、微力をも顧みず再建の礎石たるべき抱負と決意とをもって出発したが、ここに創立以来の念願を果すべく角川文庫を発刊する。これまで刊行されたあらゆる全集叢書文庫類の長所と短所とを検討し、古今東西の不朽の典籍を、良心的編集のもとに、廉価に、そして書架にふさわしい美本として、多くのひとびとに提供しようとする。しかし私たちは徒らに百科全書的な知識のジレッタントを作ることを目的とせず、あくまで祖国の文化に秩序と再建への道を示し、この文庫を角川書店の栄ある事業として、今後永久に継続発展せしめ、学芸と教養との殿堂として大成せんことを期したい。多くの読書子の愛情ある忠言と支持とによって、この希望と抱負とを完遂せしめられんことを願う。

一九四九年五月三日

大正幽霊アパート 鳳銘館《ほうめいかん》の新米管理人

竹村優希

秘密の洋館で、新生活始めませんか？

鳳《おおとり》爽良《そら》は霊が視えることを隠して生きてきた。そのせいで仕事も辞め、唯一の友人は、顔は良いが無口で変わり者な幼馴染の礼央《れお》だけ。そんなある日、祖父から遺言状が届く。『鳳銘館《ほうめいかん》を相続してほしい』それは代官山にある、大正時代の華族の洋館を改装した美しいアパートだった。爽良は管理人代理の飄々とした男・御堂《みどう》に迎えられるが、謎多き住人達の奇妙な事件に巻き込まれてしまう。でも爽良の人生は確実に変わり始めて……。

ISBN 978-4-04-111427-8

結界師の一輪華

クレハ

落ちこぼれ術者のはずがご当主様と契約結婚!?

遥か昔から、５つの柱石により外敵から護られてきた日本。18歳の一瀬《いちせ》華《はな》は、柱石を護る術者の分家に生まれたが、優秀な双子の姉と比べられ、虐げられてきた。ある日突然、強大な力に目覚めるも、華は静かな暮らしを望み、力を隠していた。だが本家の若き新当主・一《いち》ノ宮《みや》朔《さく》に見初められ、強引に結婚を迫られてしまう。期限付きの契約嫁となった華は、試練に見舞われながらも、朔の傍で本当の自分の姿を解放し始めて……？

角川文庫のキャラクター文芸

ISBN 978-4-04-111883-2

ISBN 978-4-04-112195-5